U0052515

Seba·蝴蝶

Seba · 蝴蝶

蝴蝶館 / 52

西顧婆娑

Seba 蝴蝶 ◎ 著

寫在前面……

唔，還真不知道該說這算是哪部的同人……設定上多出自《西遊記》吧？但寫的卻是現代，也跟《西遊記》的人物沒啥交集……（搔頭）

但我要在此嚴正聲明，這是虛構的故事，包括學制和中醫的部分都是虛構的，甚至年代也含糊不清……那是當然的，因為我會寫這部，可以說是對我少年時的一些過往做個回顧，換個成熟的角度重歷一番……

所以會有高中大學聯考，但也會出現一些時代不吻合的現象。因為我並不是寫二〇一一年，請讀者看成一個半架空的「現代」故事。

希望諸君諒解，並且在此致謝。

楔子 師傅的悲涼與挖坑

菩提祖師聞訊趕來時，心中無比悲涼。

想他武力值之高，可說是三界之內的獨孤求敗。跳脫三界之外，不受六道之羈靡，連玉皇大帝都對他和顏悅色，世尊更是和藹可親，地位超然崇高，誰不納頭就拜，口稱不生不滅西方妙相大覺金仙菩提祖師？

像他這樣超凡脫俗、榮辱不驚的大覺金仙，只有一個小小的嗜好。可這個小小的嗜好，卻給他帶來天崩地裂的麻煩。

這個嗜好說穿了，也不過是「得天下英才以教之」，白話就是有老師癮。

或許你會問啦，十年樹木、百年樹人，春風化雨，是好事啊！為什麼會讓祖師大人熱淚盈眶？

不得不說，有教無類，並不完全是好事。尤其是像菩提祖師這樣的高手高手高高手，更要品管嚴格……品德要管理得很嚴格。這不，他生平最得意的兩個天才學生，天賦之高，完全是破碎虛空的高，但是惹禍專精的程度，也完完全全是屬於天上天下唯我獨尊專業大宗師級。

第一個讓他非常得意的學生，入門十年，事實上學道只有三年。不得了，一出山一鳴驚人，大鬧天宮、單挑十萬天兵天將，惹出潑天大禍，最後還驚動世尊才徹底降伏了。

雖然他不准那潑猴認師門，可玉帝隱隱約約的遞話，讓祖師大人很不是滋味，挑徒弟也謹慎很多，忍心放過許多個性太跳脫、品德不過關的良質美才……可遇到身為某小國帝女的婆娑時，他就忍不住啦。

身為一個普通人類，卻比她那天生地養的潑猴師兄不相上下的資質，這是多難得啊！小姑娘花的時間多一點……七年。想來她是帝女，家裡教養抓很緊的，性情淡漠，他又耳提面命，足足待在皇宮教了她七年……總沒事吧？

結果，她小姐一出山歷練，就能歷練到燒了紫竹林……還是觀世音家的紫竹林。

為什麼他這個師傅的命，就是這樣的悲苦。為什麼越是良質美才，腦袋缺少的筋越多呢？

望著守著自己屍體的婆娑，菩提祖師掩面而泣。

已經成了魂魄的婆娑很溫柔的安慰老淚縱橫的師傅，「師尊，不要擔心。頂多轉世投胎，重新修煉罷了。反正修煉法門我都記得，頂多花點時間……安心！我一定會把場子找回來，不墮您老人家的威風！這回一定不會心慈手軟，絕對把那老虔婆的南海燒成爛柴坑，看她……」

「妳給我住口啊啊啊!!」菩提祖師怒喝，「好孽徒啊……」

「師傅，我懂。」婆娑握拳，「我一定以悟空師兄當楷模……」

「誰讓妳拿那潑猴當楷模，吭?!」菩提祖師暴跳了，「我是怎麼教妳的……」

「師傅，我知道您只是嘴巴講得恨，其實心底都是擱著我們這些徒兒的，您不要擔心……」

「妳慢著！」

於是一陣雞同鴨講之後，冰冷的事實讓祖師大人慢慢寒了上來。他絕望的發現，他這兩個素未謀面的徒兒，不管性情跳不跳脫，都是惹事生非、膽大妄為的主。

婆娑就信心滿滿的告訴他，她打算憑著渾厚的魂力打穿地府，踹殺孟婆，仔仔細細的選個好苗子投胎，天仙報仇，百年不晚。

他臉孔蒼白的想到那隻潑猴，扶額不語。

絕對不能讓這種事情發生……再發生。

「徒兒啊，」悲痛的菩提祖師擠出一個笑，「為師有個提議啊……妳要不要挑另一條更有挑戰性的路呢？反正南海又不會搬家。其實呢，妳和妳那潑猴師兄，學道太易，反而根基不穩……事實上呢修道……五大戒律、八大注意……更何況……再如果……」

被有教無類的師傅因材施教了十二個時辰，滿腦子嗡嗡叫兼找不到北的婆娑，糊裡糊塗的答應了，被她師傅一腳踹入深不見底的大坑裡。

這一踹，讓她這個天真無邪的帝女，三千年內在人間沉沉浮浮，不斷努力著借屍還魂，可也沒有一世修道成功過。

偶爾，很偶爾的時候，婆娑會懷疑，是不是被師傅坑了。但這個懷疑成了她修道的最大理由之一，才能夠屢戰屢敗、屢敗屢戰。

之一 再從頭

肯定是，絕對是，她讓師傅坑了。

眨了眨眼，還有些迷迷糊糊的婆娑（這世應該叫做葉子慕）默默的想著。

轉頭看時鐘，差五分五點，幽幽的嘆了口氣。

她記得有個說法，叫做「生理時鐘」。但是生理時鐘也作用在相同的魂魄上？再說她上次掛到現在，好歹也兩百年過去了，居然還是不改……真是神祕。

借屍還魂的次數，她都數不太清了，連上次印象都有點模糊……這實在不能怪她。會搞到讓她能借屍還魂的對象，不是病死就是自殺，這樣的軀體能有什麼好的？健康都是奢求，更不要提資質。

有幾世，真的資質略好，可惜窮困潦倒，營養趕不上，病死或餓死。也有幾世，生在富貴之家，營養趕上了，但是資質之破爛令人痛哭流涕，就算報完親恩，也沒啥搞頭，鬱悶萬分的老死。

上一世是最有希望的，生在屠戶，營養是大大趕上，不用纏足，被老爹賣去沖喜，過門老公就掛了，親恩了結，她又來個假上吊，假死得離，修煉起來順風順水，進度一日千里……

但就壞在進度太快，一心修道，卻兩手空空。天劫一到，全無法寶的她只好兩眼開開，第一雷就只能準備投胎。這還沒完，因為這雷嚴重傷害她的魂魄，讓她休眠了兩百年……結果眼睛一睜開，滿滿一缸血水，全身無力。

差點兒，就差那麼一點兒，她剛借屍還魂，又得陣亡了。

後來她才知道，之前那個葉子慕，十二實歲不到，就知道要自殺了，還挺有勇氣的割腕。

什麼死法不好，割腕……血都快流光了，害她日後調養身體調得那是一整個欲哭無淚。不是她魂魄因為歷練過甚太過結實，早糊不住了。

像現在，她躺了這麼久沒敢起床，就是因為嚴重低血壓，起得太猛會暈倒。

怎樣一個破爛體質。

嘆著氣喚出功過簿，真是淚流滿面。來這兒一年多，她倒是能適應了，這時代不錯，和她家鄉的風氣相差無幾，更文明安全。甚至有想像力非常豐富兼胡說八道的網路小說可以看。

但讓她嚴重悲傷兼憂鬱的是，為什麼小說主角總是帶著仙器穿越時空，吃香喝辣，好不快活。她卻只有一本破本子……不但沒有用，而且是個扔不掉的鐐銬。

因為她是非正規的借屍還魂，雖然得以完整保存魂力，但魂力除了修煉快點，道術強點，屁用都沒有。但因為她奪了個死人的舍，所以她得把前任的「親恩」報完，才能在精氣神準備完全的情形下展開修煉之路。

這本功過簿，就是記錄她還有多少親恩、情恩要報。父母越慈愛，恩情越重，要報答的就越多……

唯一略感安慰的是，葉子慕的親恩不重，應該很快就能報完。

她很快的振作起來，緩慢而小心翼翼的下了床，還垂頭好一會兒才緩緩站起。行了，不太暈。

慢慢走向浴室，她邊刷牙邊想，電鍋裡的紅豆湯應該行了，等等先喝了再煮早餐。什麼遠大計畫都先不要想，調理好這個破爛不堪的蘿莉身體再說。

蘿莉。嘖，我也會用這詞兒了。她有一點得意。久病成良醫，借屍還魂多了，適應環境的能力也是一等一啊一等一。

欣賞著水龍頭流出來的乾淨自來水，她暗暗點頭。不用挑水就是福政裡的福政了，在人間打滾這麼久，真的不要要求太多。

才國一，十二、三，未來的時間還多得很，一切都還來得及。

她把黑框眼鏡戴起來，對著鏡子裡那張蒼白細弱的臉孔笑了笑。帶著這樣溫靜的笑，她走入廚房，一面喝著紅豆湯，一面作飯。

* * *

崇佑國中，發生了一件轟動的大事。

新學期的第一次月考，居然有人除了國文以外，考了個滿貫。國文沒有滿貫的緣故，是因為作文沒有滿分。而這次二年級的試卷偏難，第二名連這第一名的車尾燈都看不太到。

更讓老師們跌破眼鏡的是，這位新科榜首在一年級的時候，差點被分到啟智班……連字都不太會寫，智力測驗只有七十上下而已。

短短一年加上一個暑假，居然天元突破到這種地步……難免老師們會滿地找眼鏡碎片。

但是榜首葉子慕神情泰然，只是推了推黑框眼鏡，就施施然的回到教室了。最後她被叫到訓導處，在眾目睽睽之下又做了一次智力和考試……她立刻從放牛班轉到A段班。

可她的表情還是淡淡的，看不出有什麼欣喜，很有些榮辱不驚的深沉。

坦白說，她還真不了解這些老師大驚小怪些啥。兩百年前的文字和兩百年後沒什麼不同，他們說的「國語」，在她某次借屍還魂的時候，還是方言而已。歷史地理，對於一個身歷其境很久的人來說，沒有難度。她還曾是某大數學家的女兒，只是表達方式不同，弄懂了也毫無壓力。

真讓她困惑的是物理和化學……但跟其他同樣不懂的同學比起來，她悟性高太多了，追趕起來很快。

她在一年級的時候讓人看起來自閉又弱智，實在是她對這世界還處於觀察階段。但拜資訊爆炸的網際網路和多次借屍還魂的豐富經驗，她很快的適應，並且取得不錯的成績。

沒辦法，親恩沉重。她若想順利邁向修煉之路，就不得不報恩。雖然兩百年的鴻溝讓她訝異……以前呢，女孩子報親恩就是嫁個好人家，親恩就轉嫁成夫婦之恩，老公一無情，債就還完了。

這個時代真不得了，父母的親恩最大的償還居然這麼簡單——考試頂呱呱就行了。

太簡單了，太容易了。她很感慨。不就背背寫寫算算？還不要求字好看，不用打算盤。雖然說阿拉伯數字和英文字母讓她背得一頭汗……但也沒比梵文難，更不能跟符文比。

通透了就很容易，一點問題也沒有。

很可能她這軀殼兒很破爛，可她那沒路用的魂魄兒可是經久耐用，博學廣記又觸類旁通的，聞一知十不算什麼。

再說，休眠了兩百年，她對什麼都有興趣。同學眼中枯燥乏味的課本，在她眼中極度津津有味。從課本衍生的不解，她還找參考書、課外讀物、查網路，一起來個大補課。

於是，她成了別人眼中有些孤僻的資優生，走到哪都在看書，不怎麼和人交談，更遑論來往。

不過在課業至上的國中裡頭，功課好往往就代表品德好，所以她的獨來獨往和孤僻，就成了專心向學和書卷氣，也讓她省了很多麻煩。

而且，她那破爛得可憐的軀殼兒，在她能力所及的食療和藥膳之下，漸漸調養過來，讓她驚喜交加的是，這殼兒破爛歸破爛，就修煉而言，資質極好。

她試著運轉周天，雖然沒有完全成功，卻讓她微啟了天眼。

然後，她懊悔了。

因為她犯了上輩子同樣的毛病——太急切。

上輩子因為資質沒這麼好，所以她悄悄的補充營養，以武鍛鍊肉體，等她生澀的開始運轉周天，引起周遭妖魔鬼怪的覬覦時，她一身強悍的武藝就夠打發這些不長眼的小雜魚。

現在情形剛好反過來。手無縛雞之力的她，過早的開了天眼……雖然只是微啟。卻依舊像是缽沒蓋好蓋兒的蜜糖，柔弱無力的招蒼蠅螞蟻和蜜蜂。

於是她身邊的意外漸漸的多了，身上的大傷小傷交錯。若不是她還能畫些低階到不行的護身符，小命早就吹燈。

後悔啊後悔，她這急性子幾千年都沒磨掉。真不知道為什麼，她什麼都能從容不迫，處之泰然，唯獨修道，總是性子太急。

護身符越來越擋不住，來覓食的妖魔鬼怪越來越升級的時候，她猶豫過要不要乾脆重來……但又捨不得這樣的好資質。

就在她煩得不行的時候，學校的地基主，給她介紹了一個保鏢。

* * *

快到寒假的時候，崇佑國中又有了一個爆炸性的新聞。

拿足了一學年榜首的葉子慕……交男朋友了！

那是一個滿天彩霞的傍晚。戴著黑框眼鏡，面白細弱的資優生，在校門口附近的大樹下看書，寒冷的風吹拂她藍色的百褶裙，她輕輕掠過飛舞的髮絲，抬頭看向……

崇佑國中最兇惡，最可怕，臉上有著傷疤，只有七個手指，一臉陰鷙的不良少年蘇西顧！

那個可怕的不良少年一手插在口袋，一手玩著美工刀，上下打量了葉子慕，說，「走吧。」

葉子慕點了點頭，溫順的跟他走了。

從此以後，他們倆一起上學一起放學，蘇西顧就算蹺課，下課也會去接人……

這個八卦很爆炸，非常爆炸。師生們的想像力很奔放，非常奔放。流竄在班板、部落格、噗浪的版本就有幾百種，從「大小姐與小流氓」到「拍裸照被威脅」，「真愛征服世界順便征服不良少年」到「援交被逮到小辮子不得不從」，十二萬分之富有想像力和創造力。

至於真正的事實，卻蒼白無力的被掩蓋了。

之二 西顧

從葉子慕的家到學校，總共要過五個十字路口。

一年多來，風雨無阻的，一對少年少女，總是在固定路線行走。

女孩子看起來很普通，蒼白細弱，戴著一副黑框眼鏡，規規矩矩的妹妹頭，穿著規規矩矩的白襯衫、藍百褶裙，態度閒然，時不時拿出單字卡邊走邊背，很用功的樣子。

男孩子臉上卻有著橫過鼻梁的疤痕，比一般人還蒼白近灰青的臉龐，一雙眼白太多的三白眼，散發一種生人勿近的陰寒。時時要弄一把歸鞘的美工刀，走路吊兒郎當，彎腰駝背，毫無儀態可言。

尤其是他要弄美工刀的右手，只有三根手指。無名指和小指不翼而飛。老插在口袋裡的左手，小指也不見了。加上他的態度和傳言，更讓人浮想聯翩。

而這樣接近是兩個世界遠的少年少女，卻相距不到半臂，並肩而行，是崇佑國中一道完全不可思議的風景。

這兩個人都是國三，女孩就是葉子慕。從國二開始，大考小考月考模擬考，都是崇佑國中的榜首，沒有挪過位置，是個火星人般的存在——最少和她競爭名次的對手是這麼認為的。

除了超優的功課以外，她的服裝儀容總是乾淨整潔，一舉一動閒然優雅（雖然常被同班同學諷刺裝模作樣），儼然世家小姐風範。在這個女孩子連穿針都不會的時代，她能夠親自給自己的衣服繡名字學號……簡直是個異類中的異類，也是老師眼中的好學生、升學標竿。

這樣一個優等生，卻傳出「戀愛」這樣的污點，老師簡直是痛心疾首，將她傳去喝茶，勸告她要以學業為重時……卻讓她堵得啞口無言。

「報告老師，我沒有戀愛。」她一臉困惑，「再說，就算是吧……我對課業，還不夠重視嗎？」

男孩子叫做蘇西顧，是尾段班最墊底的放牛班。劣跡累累，是訓導處的常客。他推過老師、打過同學、揍過學長。身懷利刃（美工刀）橫行霸道，據說在校外還恐嚇勒索當過扒手，只是沒人指證而已。

更壞的是，這壞孩子還天天都在賭博性的電動遊樂場出沒，時有鬥毆。據說他小學時曾經是失蹤兒童，丟了好幾年，瞧他那種壞樣，搞不好是小小年紀自己跑出去混的。

老師就是想不明白，葉子慕怎麼會看上這樣壞得流膿的壞學生，不但一起上學放學，中午還親手做便當給他吃……這搞什麼？難道是「男人不壞、女人不愛」？這也太早了吧？

但是訓導主任把蘇西顧叫去恐嚇，蘇西顧卻冷笑幾聲，掏出美工刀慢條斯理的修指甲。

還別說，訓導主任只能把剩下的話嚥下去。這年頭，教師也是個高危險性的行業。

於是在同學老師極度不解的眼光中，這對少年少女依舊同進同出，神情淡漠，卻還是不離不棄。

但世事總是不能看表面的。

事實上，葉子慕是雇主，蘇西顧呢，就是她的保鏢。他們的身分，也不是單純的國中生而已。

雖然蘇西顧是個冷人，葉子慕話也不多，但是身為主顧關係，還是得彼此交交底，省得出大事。

只是大家都只講重點，不過有重點，也就夠了。

這天，天氣很好，嘈雜囂鬧的台北街頭，罕有的出現碧藍天空，一點雲都沒有。

蘇西顧依舊玩著美工刀，在樓下等著葉子慕，時不時的瞄一眼單字卡。雖然他是個眾人辟易的不良少年，功課卻很神奇的掛在最中游，除了葉老闆的指導，他自己也是花過心思的。

今天晚了五分鐘。他有些納罕。這太神奇了……葉子慕可是個鬧鐘型的人。

正猶豫要不要按電鈴時，她泰然自若的出了管理室大門，對他點點頭。他們並肩默默往前走，葉子慕遞了兩個三明治給他，他很沒有形象的邊走邊吃。

這是他們議定的薪水之一。身為一個國中生——即使是借屍還魂N百次的舊精魂——葉子慕沒有太多錢可以付，所以蘇西顧也不追求這個。

他只要求供應三餐，必要的時候指點一下學業。他沒有太多時間寫作業，只好找個免費家教。

葉子慕只瞧了他一眼，就痛快答應下來，之後執行不輟，他也盡心盡力，頗有賓主盡歡的味道。

今天她走得有點慢。一面調整行走速度，一面疑惑的看著葉子慕。

她還是優雅從容，讓他真的相信葉子慕有幾輩子當過世家小姐……但她臉上有著不正常的紅暈，眼睛水汪汪的。

蘇西顧站定了。「葉子？」

葉子慕也跟著站定。「唔？」

「怎麼了？」

「三十九度半。」她淡定的說。

「……三十九度半!?」蘇西顧高聲了。

葉子慕疑惑的看他一眼，「出門時量的，應該沒錯吧？電子體溫計不太會出錯……」

我就知道。每次都這樣。蘇西顧忿忿的想，揚手吼，「Taxi！」然後轉頭對她說，「計程車錢妳付！健保卡有沒有帶？」

「不用吧，我討厭醫院……」葉子慕皺眉，卻被他大力推進計程車裡。

「最近的急診處。」蘇西顧咬牙，「三十九度半妳還上什麼學?!」

「……學校比醫院安全。」葉子慕嘆氣。

蘇西顧覺得血液都往腦袋集中，氣得蒼白的臉都泛紅了。誰三十九度半還撐個小姐架子閒庭信步的？

葉子慕責備的看他一眼。年輕人就是年輕人，這麼容易上火。

非常上火的蘇西顧被看得心火更旺，又覺得跟她雞同鴨講代溝很大，只好吼可憐的司機先生，「開快點！葉婆婆把腦子燒壞了！」

計程車到了急診處門口，葉子慕端然不動，「我真的……」

蘇西顧卻不跟她廢話，老鷹抓小雞似的抓著她胳臂拖出來，冷冷的說，「付錢。」

她悶悶的付了計程車錢，掙扎著想說理，「真的，醫院不是什麼好的……」話還沒說完，豔陽白天的，無數灰影從醫院和陰影處呼嘯著撲過來，一整個鋪天蓋地。

就是這樣，她才非常討厭醫院。她那沒路用的渾厚魂力是陰魂鬼魅眼中的金丹妙藥，連大太陽都不怕的衝上來想分杯羹。

蘇西顧眼一瞇，右手輕揮……

暌違已久的暴雨梨花針妖氣版出現了！

只見細如霧、密如雨、銳如針的妖氣疾射而出，原本鋪天蓋地的陰魂立刻瓦解，妖氛鬼氣盡掃，妖氣盤桓而回，讓蘇西顧的右手立刻烏黑如墨，他也悄悄的將右手插回口袋，只是神色灰敗難看起來，比葉子慕還像病人。

非常厲害。葉子慕默默的想。饕餮果真是上古神獸，如此強悍。哪怕只是沾到一點影子的凡人，也能發揮出這麼大的妖力。

當初蘇西顧交底的時候，她就知道蘇西顧是讓「魔神仔」迷魅去了，後來才知道那隻魔神仔的身分非凡，竟是一隻重傷殆死的饕餮。

就是傷太重，連人都吞不下了，只能迷魅些人類孩童來代牠獵殺妖魔鬼怪，慢慢滋養。可惜一隻重傷饕餮的價值實在太高，沒等到傷癒就被人宰了。可牠迷魅來的孩童，存活的也沒幾個，蘇西顧是當中之一。

至於詳情，蘇西顧就不肯說了，只要提到相對應的話題都會勃然大怒。

但看他神情實在太灰敗，葉子慕還是忍不住提了句，「……對人類來說，陰魂鬼魅難消化。」

接著她就覺得胳臂一緊，還抓著她的蘇西顧臉孔陰得擰得出水，一言不發的把她拖去掛號處，好半天才說，「不消化也得吃點。」

……這饕餮除了迷魅，不知道干涉到什麼程度呢……可惜她借屍還魂次數雖多，跟饕餮還是不熟，不大懂牠們的手段。

蘇西顧寒著臉，押著她掛號、看診。護士量了三次體溫，還用不同的溫度計量。看著一臉平靜的葉子慕，眼神很迷惘，「……四十一度欸。」

「傷風而已。」葉子慕無奈。就是燒得高一點……沒辦法，這身體實在太破爛。但也只是傷風，反應激烈點兒。完全是幾碗薑湯的事情……上回昏倒只是傷風又血壓太低。

「而已？」蘇西顧冷笑一聲，「她腦袋燒糊了。」

護士很緊張，醫生也很緊張。最後她被按在病床上打點滴，蘇西顧一臉怒容的瞪著她。「燒成這樣，妳不難過？」

葉子慕認真想了下，「除了腦袋像是錘釘子，全身骨頭進行因數分解，有點發冷發熱……其實也還好。不過是傷風……」

蘇西顧粗魯的把護士給他的冰袋往葉子慕的腦袋一砸，冷著臉不發一語。

「便當怎麼辦？」葉子慕發愁。

蘇西顧往她身邊的椅子一坐，掏出一大一小兩便當，打開來嘩啦啦的吃。入口猶溫，可見是早起起來作的。

每次葉子遞便當給他都是蒸過的，以為她前夜就作好的。他沒有想到，真的沒有。到底是幾點起來煮飯的？

「發高燒妳不知道？還作什麼便當？」他惡聲。

葉子已經不想跟這無理取鬧的傢伙說話了，一直重複也很煩，乾脆閉上眼睛逃避現實。沒想到眼睛一閉起來就想睡覺，昏昏睡去。

迷迷糊糊的，聽到椅子輕輕往後拖的聲音。西顧的習慣一直都很好，吃完便當一定洗乾淨給她。男孩子就是會吃……兩個三明治塞下去還能吃掉兩個便當。大概吃完了要去洗便當吧……

才剛迷糊過去，就被陰寒凍醒。渴睡無力，又燒得乏了，只能無奈的看著穿著病人袍的「女人」，哭得嗚嗚咽咽，對她一遍又一遍的說，「我不甘心……我不甘心……嗚嗚嗚，我不甘心……」

真能鑽空子。西顧才走幾分鐘啊拜託……

「我勸妳走法律途徑吧……省得魂飛魄散。」她嘆氣了。

「我不甘心不甘心不甘心！」那個女人……好吧女鬼，猛撲上來，葉子只有力氣將脖子一偏，省得被摀住口鼻難受。

是啦，她魂力很渾厚，千錘百鍊的，雖然屁用都沒有（最少目前沒用），卻是陰魂眼中的香餑餑。真能吞掉她，什麼陰魂立刻大升級，立刻有形有體，法術高強，什麼潑天大恨都不用愁。可說是陰魂鬼魅版的肉芝。

但尋常的陰魂鬼魅真的太小咖了。

打個比方說，一般的陰魂鬼魅，就是那秀氣無比、不到指頭粗的小草蛇兒，葉子的魂魄，卻是碩大無朋的鴕鳥蛋。小草蛇兒吞吞雞蛋鴨蛋就很辛苦了，想吞掉鴕鳥蛋……嘴巴真的不夠大。

要不是怕眾志成城的打破鴕鳥蛋，她連保鏢都不太需要雇。

現在不是怕女鬼吞掉她，而是她受不了那股屍臭般的怨念。這個身體又不爭氣，讓鬼氣薰久了風邪會侵染太深。

當然，西醫是很厲害的。才兩百年呢，就能萃取諸藥精華克制消滅諸邪，很強。但凡事太純粹都是劇毒，以毒攻毒久了根本就是在削弱元氣……就已經調養不好了，哪堪折損。

所以她才討厭醫院，很討厭。

「小姐，」她真的無奈，「不要無理取鬧了，妳又吞不了……弄到魂飛魄散可是雞飛蛋打……」

女鬼只是努力的在她身上滾，試圖尋找破綻……然後哀號一聲，尖銳得差點刺穿她的耳膜。

真的讓西顧「吃了」。被他垂著手掐著，用肉眼可見的速度乾扁下去，魂飛魄散。

「……那個怨念太深，對身體不好。」葉子謹慎的說。

西顧陰著臉，卻沒發火。咂了咂嘴，「果然口感很差。」

吊完點滴燒比較退了，也折騰到中午。

西顧控著臉，抓著依舊泰然，只是臉孔蒼白的葉子出去吃飯，照例還是三碗，但葉子吞了半碗粥就擱筷子了。

病得吃不下還撐小姐架子。西顧腹誹不已。剛還提議要回家作飯……笑欸！

他一臉寒霜的把葉子送回去，熟門熟路的到廚房洗米，用電子鍋煮粥。本來葉子要自己來的，卻被他兇回去。

「聽著，晚上有粥吃了，妳撒點蔥花、放個雞蛋燜一會兒，放點鹽就能吃了。」他冷聲對著躺平的葉子交代，「妳打電話叫妳媽早點回家吧。」

「別傻了。」葉子半闔著眼睛，「他們工作都很忙。」

西顧沒講話，沉默好久。葉子詫異的睜開眼睛，西顧已經轉過身，揚了揚手機，「有事打電話……別昏過去才想到！」

不知道跟誰生氣，摔了大門。

小孩子就是彆扭啊，好話硬要說得難聽，關心也只會惡聲惡氣。這年紀的男孩子……無言了。

她閉上眼睛，心無雜念的睡了過去。

下了樓，西顧發呆了一會兒。這個時間去學校趕放學麼？多此一舉。

回家？算了，何必給自己找氣受。

他猛然想起今天小魏請假，不如去替這個班算了，多賺一點是一點。主意打定，頂著烈日回家騎腳踏車，往一家頗具規模的電動遊樂場去了。

其實，他一直在打工。工作的名稱和性質都不怎麼正道，在電動遊樂場當「試打員」，工作就是玩吃角子老虎。

賭博性的電動遊樂場很需要人氣，這畢竟不太正道，若是裡頭沒人，賭客不敢隨便進去。於是名為「試打員」的假客人應運而生，他還多一點作用：必要時可以圍個場子。

雖然還是個國中生，打架可是一流的。

沒辦法，他沒有專長，年紀又太小。而他，很需要錢。除了這個，他沒辦法邊上學邊賺足夠用的錢。

有時候很心煩，會很想乾脆不去上學了。但是他還有一點清醒。連國中都沒有畢業，將來他能幹嘛？難道要打一輩子的架，往黑路子走去嗎？那是個爛泥塘，踩下去沒有底。

別人有本錢荒唐，他沒有。

打完下午一班，他真有點倦了。今天在醫院門口那一場，他真的太拚。那些鬼氣還積在右手，腫脹疼痛，需要消化。耗了太多元氣沒得補充，他真疲憊極了。

「喂，阿顧，」看場子的三哥看不過去，「你那死樣，回去休息啦，拚什麼拚。算你調班啦，不扣錢。」

深深吸了口氣，他發現經脈針刺似的痛，沿著烏黑的右手蜿蜒上來。冷著臉點點頭，「謝了。」

「那麼一點年紀，跩什麼酷樣。」三哥撇嘴，卻扔了包菸給他。

他叼了根，笑笑的把剩下的收起來，渾沒骨頭的往外走去。

回來也三年了。爬樓梯的時候，默默的想。

打開大門，滿客廳滾著酒瓶、吃過的保麗龍便當、沒洗的盤子杯子，整個屋子一股餿味和陳腐的氣息。

老媽不在。客廳的電腦開著，停在一個什麼股市老師的網頁，大概去聽明牌了吧。臥室裡傳出翻箱倒櫃的聲音，他神情很漠然，轉身去廚房檢查存糧。

米缸還有米，冰箱裡還有菜。心算了一下，撐個三、四天不成問題……但十天後才領薪水，電費不能再拖了……但他口袋裡只剩下兩張千元鈔。

怎麼辦？真要去幹一票嗎？他有點動搖。勒索其實不難，偷錢包也容易……來錢又快。但他挺討厭這樣。

這跟想像的不一樣。不應該這樣的。

翻箱倒櫃的聲音停了，他老爸搖搖晃晃的走出來。抬起滿是血絲的眼睛，開口就問，「有沒有錢？」

酒臭，骯髒，不知道多久沒洗澡了，整天泡在酒瓶裡。他既憐憫又厭惡的看著老爸，搖了搖頭。

「怎麼可能沒有?!」老爸咆哮，「我不是才給你三千塊!!」

「上上上個月嗎？」西顧冷笑了一下。

「不可能沒有，怎麼會沒有?!」老爸奪了他的書包，嘩啦啦倒了一地，「養你這麼大有屁用，連瓶酒都不給我買！幹你馬的ＸＸＯＯ……」

漠然的看著跪在地上亂翻他的書和作業的父親，強烈的疲倦湧上來。

「房租是我繳的，水電費是我繳的。你們吃的喝的是我買的……」他的聲音漸漸微弱，「你們給我什麼……？」

「幹！唱秋三小！」老爸一巴掌打過來，「你是我生的不孝子……」趁他一踉蹌，急急的把他口袋的錢包掏出來。

「電費你要繳嗎？」西顧冷冰冰的問，嘴角的血都懶得擦。

他老爸根本不在乎他說什麼，急吼吼的抓著錢包往外跑。很快的，那些錢都會變成酒，灌完就沒有了。

他真的好累，好累好累。累得不想掙扎，連去勒索偷錢的力氣都沒有。

算了。都擺爛好了。他倒在床上，連根手指都不想動。

不應該是這樣的。他模模糊糊的想。不應該。

被饕餮奴役的時候，他能夠撐下來，是因為希望能夠回家。在恐怖絕望的日子裡，家人的面目漸漸模糊、想不起來，但在想像中越來越美好，越來越溫暖，繚繞著食物的香氣。

有一天我會回家，爸媽會跟我相擁而泣，告訴我多麼心疼、多麼想念我。

但是他猜到了開頭，卻沒有猜到結尾。相擁而泣，之後呢？

老媽繼續嗜賭玩股票，老爸繼續酗酒玩女人。他飽一餐飢一餐，以前是饕餮逼著吃，回家是餓得吃鬼。

很痛。鬼氣侵入經脈，冰冷又痛。

為了果腹，他打工。但他一打工，爸媽就開始擺爛。難怪哥哥和姊姊都逃了。他冷冷的咧嘴。那個相擁而泣的感人場景……大概是高興多了個養他們的人吧？

好痛。真的好痛。他蜷縮起來，冷汗不斷的冒出來。自從葉子作飯給他吃以後，他就沒這麼痛過。

不知道是昏過去還是睡過去，他被手機吵醒的時候，鬼氣已經消化完了，不痛了。

「嗯。」他冷冷的應。

「西顧？我燒退了。」葉子平靜的聲音，透過話筒而來。

「喔。」

「我在滷豬腳，明天給你帶便當。三明治你要吃鮪魚的還是火腿？」

他矇住自己的臉，冰冷的淚幾乎灌滿耳朵。

「西顧。」葉子還是平靜的，「人身難以消化鬼氣。你要壓抑饕餮的欲望。其實你殺掉就好了……殺不掉咱們就跑。我是請你來當保鏢，不是當死士的。」

「火腿的。」雖然冷聲，卻有些鼻塞。

「好吧。」葉子嘆氣，「明晚請你吃牛排，補今天晚上這餐，好不？」

「都行。」他按掉了手機。

最少三餐有人關心。他自嘲的想。最少也實現了一樣。

第二天，葉子開始有點咳嗽，西顧一臉冷淡，腳步卻放緩許多，陪她慢慢的走。

中午更是破天荒的去葉子班上接人。以前都是待在樓頂等吃飯的。

雖然不在乎別人的眼光，葉子還是很遵守這時代的任何規則。校規她都能背了，確定沒有遺漏任何一條。雖然她對潛規則的細微處掌握得不太好，但也盡量不去惹人眼。

中午這餐，既不能送去西顧班上，也不好讓西顧來拿，一起去樓頂吃飯似乎是最好的選擇。

只是西顧這樣驕傲敏感的小鬼，今天卻跑了來，讓她有點頭疼，但也有點感動。

樓頂水塔下有塊涼蔭地，夏天遮陽，雨天避雨，一年多來，幾乎都是在這兒吃飯的。主動提便當袋的西顧，把小的那個便當遞給葉子，打開自己那個大得驚人的便當，果然有豬腳。

一向默默吃飯的他，突然說，「生病還下什麼廚房？」

咳了兩聲，葉子有些疲倦的說，「又不是病得不能動。」她仔細看了看西顧的神情，「怎麼了？還好嗎？」

西顧僵了一下，突然嘩啦啦的拚命扒飯，豬腳燉得很爛，正是他最喜歡吃的那種。

看他吃得那麼急，葉子皺眉，「吃慢點，慢點……誰跟你搶？」她把自己便當裡的一小塊豬腳也夾給他，從保溫壺裡倒杯熱茶，「別嗆著……豬腳不是什麼好的，別多吃。」

「……那妳還煮？」他含混不清的說，接過了茶。

「你愛吃啊。」

西顧的鼻子很酸，很酸。酸得視線模糊。灌下溫茶，他更稀哩嘩啦的把臉都快埋在便當裡，拚命的吃，把那種酸澀一起嚥下去。

這幾天西顧心事重重，話更少了，態度卻溫和很多。

葉子覺得，他一定遇到什麼難處，大概是家裡的事吧？但西顧就是個悶嘴葫蘆，能告訴她打工的真相，就已經是最大尺度了，別想他會去提自己家的事情。

但這不提，也等於提了。

只是她並不想打破砂鍋問到底。她畢竟只是凡間過客，於世事看得很淡。對西顧好，只是合同的一部分。作為一個雇主，自然要對自己的幫工好，這是一種，這時代早已淡薄的主僕之義。

這時代可以遺忘，但她多世薰陶，倒不能也跟著遺忘。

可西顧跨越合同，吞吞吐吐跟她求援的時候，她訝異了，湧起一股幾乎遺忘的憐憫。

「……能不能，能不能借妳家浴室和洗衣機？」西顧低聲的問，盯著地板。

「怎麼了？」她不覺放柔了聲音。

愛面子，驕傲又自卑的西顧，靜默許久。「我家……斷水斷電了。」聲音不無苦澀，「妳做晚飯的時候我洗澡洗衣服，很快的，不會被妳爸媽知道……」

「他們不會知道的。」葉子咳了兩聲，「好的。」

葉子家的洗衣機放在面積不小的浴室裡，旁邊還有烘乾機。他們家境算是小康，爸媽都是中上階白領。就是那種上面要伺候高端老闆，下面要擺平無數小頭目那種夾心餅乾。

比上不足，比下有餘。薪水看起來頗豐足，但開銷也很大。房子面積不能太小，夫妻各要養台不錯的車，服飾配件顯品味要名牌，工作更要拚搏，幾乎是不到九點別想歸家，回家也有大把的公事要處理。

他們實在太忙，也沒富裕到雇人照顧女兒。每個禮拜有專人來打掃，葉子有筆不少的伙食費和零用錢，就是他們最大的努力了。

她倒覺得很好。這樣親恩比較輕，還起來也比較快。

等葉子作好了簡單的三菜一湯，頭髮溼漉漉的西顧，只穿條運動長褲，不大好意思的走出浴室。

赤裸的上半身佈滿傷痕，交錯猙獰。

葉子有些黯然，「我拿我爸的衣服給你吧。」

他搖頭，神情陰沉下來，「不要。」安靜了會兒，語氣僵硬的說，「等洗好烘乾……我有我的衣服。」

葉子沒有勉強，柔聲，「吃飯吧。」

餐桌有一道糖醋排骨。西顧覺得喉頭梗了一個硬塊。他喜歡吃什麼，葉子怎麼都知道。

他埋首嘩啦啦的吃了起來，又快又猛，像是跟食物有仇似的。葉子一面輕咳，一面吃飯。她講究養生，細嚼慢嚥，半碗飯還沒吃完，西顧已經吃了三碗飯和半鍋湯。

吃飽了以後，西顧的神情比較放鬆了，沉默的幫著收拾碗筷，笨拙的放到洗碗機。

「你今天休假啊？」葉子跟他搭話。

「嗯。」

「來我房裡做功課吧。別擔心，我爸媽就算回來也不會來我房裡……」她笑了笑，「我們是各過各的。」

「……嗯。」西顧稍微有點鼻音的回答。

最後西顧也沒能做功課，他趴在小方桌上睡著了，一臉的精疲力盡。

這麼小的孩子。雖然已經十五、六，但這時代嬌養孩子，這年紀還在媽媽懷裡撒嬌呢。

她把自己的抱枕拖出來，哄著西顧躺在原木地板上，給他蓋了條薄被。睡著也是皺著眉頭，蜷縮成一團。

撈出洗衣機裡的衣服，送進烘乾機。她邊寫功課邊注意動靜，等烘乾機鳴聲響起，將那堆衣服抱進房間，一件件的摺起來。

「葉子。」西顧不知道幾時醒了。

「嗯？」她低頭繼續摺衣服。

「妳……妳轉世那麼多次，一定有很多孩子吧？」他的聲音有絲軟弱。

葉子的手停了，良久沒有回答。

「其實只有兩個。」她繼續摺衣服。

「三千多年……才兩個？」西顧有些迷惑。

葉子模糊的笑了一下，不知道怎麼解釋。「我是占借屍還魂的缺，得先償還舊主的親恩……以前女孩子報親恩就是嫁個好人家，然後親恩就轉成夫婦之恩。夫妻恩義是很容易了結的……對方變心就可以。

「三千年……只有一個人耽誤我的修行。我也……替他生了兩個孩子。」

「妳……妳愛他們嗎？」西顧的聲音更軟弱。

的。

「不愛，怎麼會耽誤我一次轉世？浪費我一生呢……」她抱怨，語氣卻是嬌寵的。

「他們爸爸帥不帥？做什麼的？會武功嗎？」

葉子輕輕笑起來，「跟個打爛的豬頭一樣，你說帥嗎？還好孩子隨我，不然女孩子嫁不出去，男孩子娶不到老婆了……他就個富家公子哥，文不成武不就，就喜歡種花……女兒掐他一朵花，他就能跳三尺高……」

她絮絮的說著那一世的家庭生活，瑣瑣碎碎，聲音輕慢，直到西顧呼吸勻稱，睡熟了。

葉子卻沒辦法把心思集中在功課上。

往事如潮。

她以為，已經遺忘，恢復她紅塵過客的雲淡風輕。但所謂遺忘，只是試著想不起來。

淚如泉湧。

這一夜，她睡得很不好。

沒睡好，起床時頭疼鼻塞，她給自己按摩了好一會的穴道，又灌了一大碗薑湯。一面輕手輕腳的作早飯。

等她把西顧的三明治和父母的三明治都打包好，回房間時，西顧已經在她套房的洗手間刷牙洗臉，她笑笑，去收地上的抱枕和薄被。

半個抱枕是溼的。

她心裡有點酸，有點軟。

兒子也是這種彆扭個性，這個年紀的時候。摔斷了一條腿，養傷時老怕自己會從此瘸了，天天張牙舞爪，把她折騰得要死。晚上才蒙著被子偷哭，收拾的時候總溼個半枕。

她的女兒是個正經八百的千金小姐，十四歲就嫁人了，非常老成。她想多留女兒兩年，卻被女兒板著臉規勸了一頓。跟她親的，反而是那個彆扭的兒子。

這才恍然，為什麼之後她收鬼侍時，收的都是少年。就算自己註定不成，也想辦法讓鬼侍重回輪迴。

西顧盥洗出來，看到葉子呆呆的拎著抱枕，瞥見抱枕的顏色不一，猛然想起偷偷流淚，不禁大窘，「……我賠妳一個。」

葉子醒過神來，淡淡一笑，「睡覺流個口水沒什麼，睡得香麼。洗洗就是了。」

雖然還是窘，但口水總比眼淚好不是？

兩個人輕手輕腳的開門上學去，西顧看到餐桌擺著包著塑膠袋的三明治，悄聲問，「那誰的？」他的已經拎在手上。

「我爸媽的。」葉子坦然，「要孝順些，親恩還得才快。」

「真的有功過簿啊？」

葉子想了一下，憑空出現一本古色古香的線裝書，「看得見嗎？」

「……嗯。」他大吃一驚，卻勉強穩住心神，不住的瞧。

「列得可詳細。」葉子苦笑，「沒報答完……我經脈都是封死的，別想能修煉。」

一路上默默無語，西顧突然問，「為什麼呢？三千年了……妳為什麼非修煉不可？」

葉子啞然，低頭好一會兒，咳了幾聲才回答，「原因麼，其實很多……也曾想過，乾脆順應輪迴，不要強求……」

她愴然，「但我這魂魄，為了修煉，已經打上印記，只能是女身了。借屍還魂這麼多世，我決意修煉，跳出三界之外，不羈於六道。因為……」

「人生莫作婦人身，百年苦樂由他人。」

西顧猛然抬頭，只覺得像是一桶冰水從腦袋澆了下去，徹骨寒了起來。說不出什麼滋味，只是他覺得很貼切，非常貼切，像是從他心窩掏出來的話。

雖然他不是婦人。

「……不是婦人，才這樣。」他開口，非常蕭索，「每個人都是這樣。」

葉子訝異的看他，「……你還是個孩子，不要這麼頹喪。人生才剛開始呢……」

西顧沒有回答，只是悶著頭走。

直到等學校門口的紅燈，他才說，「忘了吧。過去就過去了。還有，妳比我小兩個月呢，還說我是孩子。」

「……你都說我是婆婆了。」葉子無奈的回答。

西顧睨了她一眼，不搭話。

「晚上你還是過來吧。」葉子知道這年紀的孩子死要面子，乾脆主動說了。

無視綠燈，西顧站在路口動也不動。好一會兒，他才低聲說，「那是我家，是我爸媽……我之前，一直想回家。現在我已經回家……」

「……洗澡怎麼辦呢？」

西顧侷促的笑了一下，「晚上，我去打工，可以偷用一下洗手間……擦個澡，洗洗衣服，可以。但昨天……我沒有打工，不方便……」

葉子的眼眶紅了。「好吧。」

這是一個充滿戒心，對人疏離的彆扭孩子。前半年，他們說沒幾句話，後來比較熟了，西顧才願意稍微搭個話，動不動就甩臉子，給臉色看，像個張牙舞爪的小刺蝟，聳著全身的刺。

一直到現在，他才順了毛，說到底，只是恐懼而已。

「中午頂樓見。」西顧沒敢看她，匆匆逃進學校了。

望著他的背影，葉子目光有些失焦，非常輕的嘆了口氣。

之三 流蜚

這一天，氣氛有點怪異。樓梯間擠了許多人，不斷張望。她才走近，就一哄而散，那些人竊竊私語，目光充滿灼熱的惡意。

教室在三樓，她就受了三次鳥獸散的洗禮。

她在樓梯間的鏡子前面看了看，沒看到自己有什麼異樣。心底狐疑的走入教室，又來一次，人人讓道，還兼吃吃的笑，眼底充滿鄙夷。

一個跟她競爭名次很激烈的男生陰陽怪氣的說，「葉子慕，『感冒』好些了嗎？」還特別在感冒兩個字上面咬重些。

沒等她答腔，跟那個男生很要好的同學鼻孔朝天，「李紫文，抓娃娃和感冒都能弄混，你傻了吧？」

那幫男生一起哄笑了起來。

「你們怎麼這樣？大家都是同學欸！」秀氣的班長起來抱不平，這個未語先笑的可愛小女生義憤填膺，「不要理他們。」

葉子心底暗笑，表面還是淡淡的，「當然。」就閒適的坐下來，攤開課本。

第二節下課，西顧就跑來了。神情依舊保持一貫的陰寒，葉子看他眼睛都有點發藍，應該是氣得要抓狂了。

不過這小子就特會裝，不知道這年頭怎麼了，大家特愛裝得挺淡定，好像不淡定就不是男主角。

他一踏進教室，李紫文就嚷了，「喂喂，你又不是我們班的……」

西顧渾沒骨頭往門一靠，靈活的美工刀出鞘，所有的人臉色大變，靈魂差點也跟著出竅，紛紛倒退五、六步。

班長倒是很勇敢，嬌聲喊，「蘇西顧你不要這樣……」

他抽出沒削過的鉛筆，慢騰騰的削著削著，眼睛都沒抬，「葉子。」

「啊？」她很給面子的吭聲。

西顧瞥了眼貼在門口的課表，「數學課本借我。」

葉子翻著書包，西顧翹起那雙邪惡的三白眼，一個個看過李紫文為首的男生，真能把人看得心臟長毛。

她翻出了數學課本，走過去遞給西顧，他卻歪了歪頭，示意她出去說話。

……這些小孩子跟誰學的？一個個裝得二五六似的。讓她想笑又不敢笑，憋得神情古怪。

「被欺負不會說嗎？」西顧的臉拉得挺長。

「我根本不知道他們在欺負我什麼。」葉子攤手。她雖然沒聽懂抓娃娃的意思，但從語氣判斷絕不是什麼好話。

「……學校有個討論區，妳知道不？」西顧的聲音很冷。

葉子點點頭。有很多班版、社團版，還有八卦版。

果然，八卦版出事了。有人貼了張照片，寫了幾句話。

「下堂是電腦課，我趁機去瞧瞧。」葉子很爽快的應了。

「誰欺負妳……」西顧啪的一聲，只靠拇指就折了手底的鉛筆。

葉子大汗，不到這種地步吧？

電腦課的時候她偷偷查了下，不知道該哭還是該笑。

那張照片很普通，就是她吊著點滴，西顧坐在她旁邊跟她講話。西顧的表情很陰沉，像是在生氣……可他一年三百六十五天都這個表情。她呢，臉色很差……任何人燒到四十一度也能跟她同樣憔悴。

但是標題和說明文字就完全不是那回事。雖然沒有直言，但很曖昧的暗示這是婦產科，葉子當然不是去看感冒的。

偏偏葉子和西顧都算是學校裡的名人，朋友不多，仇人不少。

但葉子看得直發笑。

好幼稚的手段。

本來她不想管，還好生安慰了西顧。但是事情卻越鬧越厲害，訓導處和心理輔導室都找她去談話了。幸好她多留個心眼，那天病假還記得請醫生開正式診斷書，正本在導師那邊，副本在她這兒，不然滿身是嘴也說不清。

但群眾是盲目的，青春期的群眾又瞎得特別厲害。沒多久，連她小學時把同學咬傷，差點殺人的事情都翻出來。這次是沒有照片，但是許多記憶猶新的同學出來作證，畢竟那時候事情鬧得挺大的。

這下子，她踏入校門就開始享受「鳥獸散」的待遇……還是特別做給她看的。

不說西顧抓狂，連她都覺得有點過分了。

但她攔住捲袖子的西顧，「我來處理吧。」

「難道妳都不生氣？」西顧氣得發抖，「妳是死人啊?!」

這些天，他捱了不少話。雖然不像講葉子那麼難聽，但是曖昧猥褻到他暗暗揍了不少人。但他的憤怒卻夾雜著一點點心虛。

以前沒注意，被人一提，他才猛然發現葉子是個女孩子。青春期的躁動不免有點蠢蠢欲動。可這種躁動又讓他非常不安兼羞愧，讓他不知道怎麼辦，只好用憤怒掩飾。

他信任葉子，葉子也信任他。可是若讓葉子知道他心底的異樣，恐怕再也不會理他了。不管裡面裝著多麼滄桑的舊精魂，她的外貌，就是個少女，還是跟他最親近的少女。

西顧覺得自己掩飾得很好，但怎麼能瞞過千年人精的葉子。

葉子看著他的羞赧、暴躁、僵硬和彆扭，心底湧起的第一個念頭是：該給這孩子討個媳婦兒了。

隨即又譏笑自己，真把西顧當兒子看了拜託。晃晃頭把雜念甩開，她清了清嗓子，「散布謠言的就是想看我們生氣，怎麼好如他們的意？」

她拍了拍西顧的肩膀，「我會把事情查清楚的。」

他的肩膀硬得跟石頭一樣。她暗暗的笑。

原本葉子的人緣雖然算不上好，但也算不上壞。她是孤僻些，少有表情，但是別人問她功課，她都親切的回答，教到會為止。

但是流言一開始，蔓延日廣，加上扭曲、加油添醋，最後演變成有人膽敢跟她講話，就會被其他人排擠，結果葉子就徹底被孤立了。

除了班長跟她說話，還不斷安慰她，其他人可是遠遠的看著。

其實她不怕被小屁孩排擠，還樂得清閒呢。只是西顧很在意、很抓狂，覺得帶累他總是不好的。

她一直抱持著過客的心態，可以冷眼，可以灑脫，但西顧還是個孩子。

於是，她趁導師不在的時候，去教師室找導師，趁機翻了翻班級出勤表。那張照片是在醫院拍的，應該是用手機拍。能一眼認出他們，還拍得這麼到位的，應該是班上的人，也就是說，跟她同樣在當天請病假的。

結果意外也不意外，只是動機有點不明。

「妳查到了？」西顧激動了，咬牙切齒，「是誰?!是不是李紫文?!」

她搖搖頭，「應該是我們班長吧。」葉子淡淡的。

西顧一怔，「賴秀惠？不可能吧？她明明告訴我，妳讓李紫文罵哭了，要我好好安慰妳……」他的臉孔出現一絲尷尬和不忿，「還說、還說……妳跟她講，妳喜歡李紫文才那麼傷心……」

葉子瞪大眼睛，轉瞬間哭笑不得，「……我都是三千多歲的老妖婆了。」

「妳不是老妖婆！別鬼扯！」西顧對她怒吼，聲音非常大。幸好在樓頂，不然被聽到又是新聞了。

葉子咳了一聲，「……總之，我誰也不喜歡。你知道的呀，我等著報完親恩就要潛修了。」

西顧低頭沒有講話，悶了一會兒才問，「那她為什麼……」

葉子很想笑，但只是摸摸鼻子，「你裝著不知情，過兩天就知道了。」

過了一個禮拜，西顧臉孔陰得像是要颳暴風雪，把班長罵得淚奔。

咬牙切齒很是猙獰的告訴葉子，「她不承認是她做的，但她跟我告白。」

葉子乾笑，拍了拍他的肩膀。

「其實很高興吧？」葉子含笑，「被人喜歡，有點得意，有點竊喜，有點不好意思……」

西顧的臉孔漲紅起來，好一會兒才將臉一別，「那種壞心眼的女生，我不喜歡！」他又有點自卑的說，「我不知道她為什麼……可她為什麼那麼對妳……」臉色漸漸陰沉、憤怒。

葉子倒不覺得這有什麼難理解的。西顧的確不是很帥……但他特立獨行，照別的孩子的想法，就是很酷。很會打架，誰也不敢惹，又沒跟人成群結黨的混。

非常孤傲。

但這麼孤傲的傢伙，卻和平的和她相處，在其他小女生眼中就加分加到破表。這個年紀的孩子，愛和恨只要很微小的理由，沒什麼道理可講。

葉子含蓄的解釋，「……當然是你很好，想個理由和你搭話……」

「那就可以瞎掰踩人嗎？」西顧非常生氣，「不能原諒！」

葉子有點頭疼，「……不然你說怎麼辦呢？」

他低頭一會兒，「跟妳爸媽說，讓他們出頭啊。妳又不是我……妳爸媽只是忙，不是不愛妳。」

葉子呆了一呆，看著垂首不語的西顧。其實他是羨慕的吧？就算是她那神出鬼沒的爸媽，對他來說，都算是好的了。

「……其實，就算這樣，流言也不會終止……」葉子解釋，但西顧強烈不忿的眼神，又讓她轉了心意，「好吧，我們來試試看好了。不過我爸媽真的很忙，只好請代理人了。」

她從隨身帶著的書裡頭，扯了一頁空白，借了西顧的美工刀，割出一個人形。然後隨手在地上撿了塊碎磚，在地上畫了一個奇模怪樣的圓形內套三角形，寫了許多看不懂的文字，把紙人形放在圓心。

雙手掐訣，念念有詞，一跺腳，那紙人形居然立了起來，緩緩變大，成形。

一個穿著套裝的麗人站在他們面前，笑容可掬。

「這是我媽媽……的替身。」葉子微笑，對著麗人說，「七千萬，可否？」

「諾。」麗人笑瞇瞇的回答。

西顧死死盯著麗人看，滿眼不可思議，好一會兒才寧定下來。當初他被饕餮奴役，見過許多神奇的事情。但饕餮雖然殆死，畢竟是上古神獸，他怎麼也沒想到葉子也有這種本領。

最後麗人果然以葉媽媽的身分去尋了導師，聲淚俱下，甚至到他們班上去講開了這件事情，一再的要導師多多照顧，「我和外子都忙於工作，孩子貼心，有事也不講，要不是我發現她越來越消瘦，再三逼問才知道……」一面嚶嚶哭泣。

導師非常尷尬，一再的說明一定會查明真相。待葉媽媽走了，在班上發了好一頓脾氣，還點了幾個人出來罵。

但事態並沒有因此轉變，該鳥獸散的鳥獸散，而且還進一步惡化，所有的同學都避著她，分組活動時，沒有人要跟葉子分組。而流言，只往更惡劣、更天方夜譚的方向前進。

西顧不能接受，更不能了解，「……為什麼？妳媽媽……的替身連醫生證明都秀出來了……為什麼?!」

葉子一面燒著紙錢，一面輕笑，「人，尤其是青少年，只聽自己想聽的事實。一來，真正的事實太無趣，不如八卦來得有話題。二來，應該沒有反抗力的人居然回家搬救兵，還讓老師罵了他們，他們不高興，當然要更對著幹。」

看西顧快把拳頭捏出汁來，她輕聲的勸，「人類就是這樣，總有這樣那樣的劣根性。這個不算什麼。生活壓力大，不免會把沒有反抗力的當成代罪羔羊，將所有負面情緒傾洩個乾淨。好不容易找了個機會……再有心人推波助瀾一下……」

「這是錯的！他們為什麼不衝著我來！」西顧吼了。

「因為你不是『沒有反抗力』的人。這樣很好，真的。」葉子笑笑，「不過他們也看錯我了。」

她終於把大堆的紙錢燒完了。「嘖，這些紙錢也是很貴的，我這個月的零用錢都去了一半。」

說是這樣說，她又撿了塊碎磚開始在地上畫圖，這次擺在中央的，是一隻紙蟲。

「這蟲，名為『讒語』。」葉子雙手掐訣，「專事流言。」

她一跺腳，紙蟲和地上的陣都化為粉末，飄然飛起，乘風颳進了她的班級。

那天以後，關於他們班的流言，如野火燎原。各式各樣的照片出現在八卦板，班長的照片最勁爆——出現在一家賓館前面，標題非常不堪入目。

葉子倒是覺得挺好笑的……看也知道只是經過，居然能編出這麼大套話，這該說是想像力豐富？

但是很熱鬧，非常熱鬧。一開始，人人都很興奮，但是漸漸的，每個人都享受過鳥獸散的待遇。而一個人總不可能那麼乾淨，總有這樣那樣不能公諸於世的小祕密，卻被公開在各種媒體之下……於是人人猜疑自己的朋友，整個班上的氣氛很差。

到寒假的時候，所有人的成績都下滑了，慘不忍睹。只有葉子的成績如故，一點改變也沒有。

之後，葉子淡淡的說，「其實這樣的方式很不好。我應該先隱忍，反正總是熬過國三，高中以後尋個新的開始。等新開始的時候，我就不應該這麼消極，跟人多來往，顯擺個一樣兩樣專長，讓人不敢小瞧我……」

「妳不要這樣。」西顧硬邦邦的頂回去，「那就不是妳。」

「……就是。」葉子目光柔和些，「我就是不屑這些，那就得接受別人當我是軟弱的，可能欺到我頭上。」

「我可能考不上省中，但縣中應該沒問題。」西顧轉頭不看她，「高中我保護妳。」

良久，葉子才輕笑一聲，「好吧，就縣中。」

雖然必須付出一些代價，也勢必將將償盡的親恩推遲些時候……但也不過推遲一點點而已。

聽著父母相互摔門的巨響，葉子默默的想著。

之四 家殤

後來西顧絕口不提這事了，卻不斷打聽葉子弄的替身和讒語蟲。

「那是役神。」葉子倒不覺得有什麼不好說的，「說役神，其實是役鬼。這身體的體質很弱，自殺的時候又失血太多，讓我調養得很辛苦……但是修煉的資質真的很好。這點年紀就能役神……只是我為了修補肉身，魂力耗太多了，不然哪需要金錢開道……」

過往葉子仗著魂力深厚，在還不能修煉時，往往會有一、二役神，等一能修煉，就由役神保護。役神往往是簽合同的，十年、二十年不等，役神保護葉子，葉子助他們回歸輪迴。

只是西顧問得很細，讓她納罕。仔細想想，她小心翼翼的說，「西顧，不說你的體質已然變異，役神需要很強的魂力，你是沒有的，也學不來。」

「我不是要學這個。」西顧難得和氣的回答。

等到寒假時，西顧就把這話題拋下，讓葉子稍微放心。

事實上，西顧的寒假忙得幾乎連飯都沒時間來吃，是葉子三令五申，他才匆忙的來拿便當。偶爾休息，才來葉子家進補，長年的陰霾一掃而空，難得的有少年的歡喜模樣。

他在寒假打一份不太正道的工。替一個銷贓的扛貨，報酬非常豐厚。他很得意的跟葉子說，等寒假結束，這份工拿的薪水，讓他繳一年房租和下學期學費綽綽有餘，說不定連高中的學費也夠了。

很珍惜的拿郵局存摺給葉子看，眉開眼笑。葉子卻覺得很心疼，這麼點大的孩子，讓經濟壓力壓得抬不起頭，現在才有點歡顏。更盡心盡力的作飯，西顧也很捧場。

但是寒假將末的時候，西顧突然失去蹤影。

葉子很驚訝，因為這是從來沒有的事情。她撥電話西顧沒有接，但也沒有回撥。她想過要不要役神去探望看看，但不想讓西顧害怕厭惡，覺得被窺視……只是卜了一卦，確定西顧沒有生命之憂。

她也不知道怎麼辦，只是按照每日三餐撥手機，連撥了五天。

第六天清晨，西顧終於接電話了。

「葉子，」他的聲音沙啞而疲倦，「洗手間和洗衣機……借我好嗎？」

「我爸媽出門上班了，你儘管來。」葉子說。

他很快就到了，卻拖著一個大皮箱，背著書包。兩頰凹陷，眼睛全是血絲，衣服發出一股味道，異常的憔悴。

「……要先吃早飯嗎？」葉子接過他的書包和皮箱。

他搖搖頭，「我……先洗澡。」

西顧洗了很久，洗到葉子熱了兩次稀飯，他才蹣跚的出來，只穿著一條運動長褲，依舊光著上身。每次看到他上身猙獰交錯的疤痕，葉子都會覺得黯然。

他沒說什麼話，只是吃著飯，卻只吃了一碗稀飯就搖頭不吃了。

飯後他只管坐在原木地板發呆，葉子問了幾聲，他沒回答，也只好由他去，撿起針線籃的衣服繼續縫。

她每每唸書念累了，就會做點女紅當作休息。原本發呆的西顧轉過頭來，「……是我的？」

寒假剛開始的時候，葉子幫他量過身。

她點點頭，「我看你沒有薄外套，作件給你。」

西顧垂首片刻，走到她的沙發旁邊，緊緊靠著她，抱著腿，額頭抵著膝蓋，整個人蜷縮成一團。

葉子駭了一大跳，「……西顧？」

「我爸媽……出國了。欠了地下錢莊很多錢……」他的聲音模糊，「把我的、我的存摺報失，然後把裡頭的錢都……都……領空了……」

這個一直很堅強，起碼偽裝得很堅強的孩子，終於放聲大哭。

他氣餒，非常非常氣餒。他的努力完全付諸流水，什麼都沒有了。父母親拋棄了他，還把他努力賺的錢一毛不剩的提空，只因為他還沒成年，所以可以用這樣卑劣的手段掠奪。

其實他已經打算自暴自棄，反正很多堂口都對他感興趣，招攬很多次了。反正再怎麼努力還是深陷泥淖，反正……他再怎麼想回家，就算真的回家……

他早已無家可回。

誰也不能相信，誰也不要他。本來他打算真的撩下去，然後隨便死在哪個陰溝裡算了。

但是，葉子，是信人。她一天三通電話，到昨天足足十五通，沒有落下過。她還在縫著，答應做給他的衣服。

他原本只是想來道別的。原本是想很酷、很雲淡風輕的道別的。

但他卻放聲大哭，眼淚鼻涕都沒攔住。哭到撲在她膝蓋上發抖，覺得滿心委屈和痛苦，甚至哭到睡著。

等他醒來時，赧然的發現，把葉子的長裙哭溼了一大塊。葉子輕輕按著他的頭，閉目穩睡。

其實，她比他還小兩個月呢。身體很不好，常常生病發燒什麼的。

他揩了揩眼淚，笨拙的抱了床上的薄被幫她蓋上，輕手輕腳的去洗臉。

葉子悄悄睜了隻眼睛，有些無奈的笑了笑。

西顧卻從此變得有些不同。

臉還是冷的，依舊是一副挑釁的站沒站相，玩著美工刀。但是他對葉子卻沉默許多，更馴服許多。

葉子當然沒辦法把他藏在家裡太久，帶他出去找房子。原本以為要費很多口舌才能說服這個倔強又敏感的小孩子，他卻只是把臉別在一旁，選了一個很小很小的套房，小到擺了床和桌椅，連轉身都有點困難。

葉子幫他墊押金房租，他也沒有拒絕，只說打工賺了錢就還她，並且也這麼做了。

以前葉子若提議給他金錢上的幫助，西顧可是會暴跳如雷外加雷霆閃爍的。她有點不明白。可漸漸的，她才發現，自己像是養了頭馴服的狼。

開學以後，似乎一切如常。西顧還是接她上學放學，晚上就跟她回家邊做功課等吃晚飯。唯一不同的是，吃過飯葉子歇歇腦袋拿起針線時，西顧會坐在她腳邊的原木地板上，把頭輕輕偎在她膝蓋，一言不發。

時間也不長，大約五、六分鐘，垂著眼簾，看不清楚他的表情。然後站起來，低聲說，「我去打工了。」轉身就走。

葉子發愁過一段時間，不知道該不該阻止他這樣。但想想他這樣小的年紀，際遇卻是如此悲慘，只轉成一口輕嘆，由著他去了。

但她花在針線上的時候就多了，讀書的時間反而少。坦白說，學校的功課於她而言，非常簡單，幾年適應下來，已然無礙。而她的手不釋卷，通常是延伸閱讀……從功課上衍生出來的。

她對這個時代，非常感興趣，覺得和她最初的故國國風相類。對於所有的一切，她都想弄明白，偶爾從歷史中看到過往生活的痕跡，也能引她一笑，這才對讀書沒有絲毫排斥，反而一直遺憾時間太少，而這資訊爆炸的時代，有太多有趣的知識。

只是她投的這身，身體真的非常非常不好，修道的資質卻太過優秀。她就是急躁了些，才弄得天眼微啟，引得妖魔鬼怪覬覦，非得雇個保鏢不可。

可學校的地基主看著清秀柔弱，卻狠狠擺她一道，給她介紹了這樣一個麻煩的保鏢。

輕輕一嘆，她縫製著西顧的襯衫。幫他買，西顧會大怒，衝著她吼他不是吃軟飯的。如果幫他縫製，他才會一臉彆扭的收下，非常愛惜的手洗。

斷斷續續練了三千年的女紅，什麼能難倒她？只是西顧那種小心翼翼，模模糊糊的情感，讓她有點煩惱。

攤開功過簿，細細查了一遍，確定沒多個一筆、兩筆債務，才心安了些，繼續縫著手底的襯衫。

西顧心底其實也很迷糊，很糾結。

他對葉子，遠了怕她走丟，近了怕她惱怒。他一直自卑又驕傲，自卑身世、自卑被饕餮影纏身，不太是人了。但又驕傲，驕傲自己比誰都強，驕傲能把自己管得好，能夠護住葉子。

但他不知道該把自己擺在哪個位置上。

葉子，不是他的誰。

其實，他老爸老媽跑了以後，雖然那些地下錢莊的來找過他麻煩，但那真不算什麼麻煩——幾拳幾腳的事而已，連葉子都沒讓他們摸著邊——他打工的錢夠養活他自己。

葉子說得對，這個富庶的時代，只要欲望不高，養活自己是容易的事情。

他若是個男子漢，就該自立自強，不該指望著葉子過日子。

但沒有葉子幫他作飯，沒有葉子幫他縫衣，沒能依著葉子的膝蓋靠一靠，他就覺得惶恐，似乎養活自己也沒什麼意思。

他覺得不應該依賴，可也不知道怎麼辦。直到去繳房租時，想到他們兩個國中生能夠順利租到房子，就是葉子又花了很多紙錢，弄了個臨時役神充當家長，才讓他有個睡覺的地方。

「……役神，都是鬼嗎？」思忖很久，西顧終於開口了。

葉子驚訝了一下，這孩子心事重重了一個多禮拜，怎麼開口是這件事？

「多半是。」葉子把單字卡收進袋子裡，認真的回答，「不是鬼就是壞的……有的只是迷路，文書作業疏失……還有的是……」她平靜的瞳孔掠過一絲難以察覺的哀矜，「冤，很冤。良知未泯，不忍報復，但又冤屈難平……」

「我不是兼善天下的好人。但有的時候，順手扶一下……反正我的功德再次借屍還魂一概結清歸零，又需要役神保護，那不如讓那些冤鬼兒得點功德迴向，有個輪迴的盼頭，來世過得好一點兒……」

西顧默默聽著，「役神，不收人類嗎？」

葉子皺起眉，「有的人喜歡這套，可我不喜歡。我這樣借人屍身還魂的，修道難如上青天，而且註定棄世。我自己都沒把握，為什麼要耽誤別人的人生？就算冤鬼兒我也是打活契，最長不過十年。鬼都怕耽誤了，怎麼能隨便耽誤人？」

「我人不人，鬼不鬼呢。」西顧大著膽子看她，「我當妳役神。」

就是這個位置了。西顧突然覺得挺輕鬆，一直如寒霜的臉孔也漾起一絲笑意。

「……我得想一下。」葉子沒有答應，但也沒有拒絕。只是她這一想，足足想了一整天。今天所有上的課，都白費了。

她乃是北俱盧洲葛國帝女，雖然來到南贍部洲三千餘年，數十世借屍還魂輪迴不止，許多稜角已然磨平，能夠忍耐敬讓此洲無數荒唐禮法，但還是有些堅持根深柢固，無法轉圜。

葛國帝女聽來崇高，但也只崇高在身分，帝王家與百姓生活無異。她初來南贍部洲時還無比驚訝，不能了解為何舉國之力供養一個僅是治國的家族。

如來曾云：北俱盧洲者，雖好殺生，只因糊口，性拙情疏，無多作踐。

事實上北俱盧洲雖性拙情疏，最重君臣之義。為君者須庇護臣民，養身修睦，於臣下愛若子女，為臣者須盡忠竭誠，忘死求義，視君上為父為兄。

南贍部洲雖然也講得差不多，卻只是嘴皮子講講，讓她非常不解。

她雖然棄家修道，還讓師傅誆了一把，在南贍部洲輪迴浮沉，卻不能夠泯滅她對君臣之義的執著和謹慎。

就算是冤鬼成役神，她都竭力庇護，一直都是君臣相得。

西顧，能否？

她沒有把握。

最重要的是，西顧是個南贍部洲的男子。葉子苦笑了一下，南贍部洲的女子，也不是好相與的，情形也不會比較好。

他們都「貪淫樂禍，多殺多爭，正所謂口舌兇場，是非惡海。」在此打滾三千年，難道還沒看夠麼？

當然，也不全是這樣。也有些好人……像是耽誤她一生，留下兩個孩子的那個人……

她眼神柔和起來。

那天晚上，葉子說，「我沒有收活人當役神的例子。」

原本大口吃飯的西顧臉孔立刻變得蒼白，像是咽下滿口苦沙的吞下那口飯。

「而且你的年紀也還太小，」她依舊溫靜的說，「南瞻部洲的男子，小時了了，大未必佳。而我，對君臣之義非常頑固，絕不可改。」

她試著用淺白的話解釋風俗相異之處，重申她對君臣的重視，也對南瞻部洲的主凌僕、僕惡主表示諒解卻不能比照辦理。

西顧臉色漸漸回溫，靜靜的聽她說完。

「所以，妳不是不想收我當役神，是覺得我年紀還小，心性不定，對不對？」

葉子有些訝異，又復感慨。這孩子怎麼說他好……有時候莽撞惡劣，有時候卻早慧得令人心疼。

「妳等著。」他低頭吃著已經微冷的飯菜，「我是妳的保鏢，我們簽合同的時候，沒有簽時限。妳就當是試用期，合格的時候告訴我。」

「……你沒聽懂。」

「我聽懂了。」西顧冷靜的回答，「很多典故我是沒聽懂，但我真明白妳的意思了。妳是君、是老闆，我是臣，妳的保鏢。」匆匆吃完飯，他低頭收碗。

我只是要一個位置。一個理由。證明……證明我不是沒有用、沒人要的人。

葉子神遊物外的吞完手底那碗飯，把桌子收了。沉默良久，她說，「好。」

「……我去打工了。」西顧匆匆出門，把門摔得大響。

等電梯的時候，他深深的吸了口氣，卻還是掉了眼淚。一方面，他覺得很丟臉，簡直是逼著葉子表態，死皮賴臉，根本就是無恥。可另一方面，他又心酸的開心，葉子甚少承諾，一旦承諾，絕不更改。

無恥也好，無賴也罷。他需要攢住一點「不改」，不然不知道要怎麼面對還這麼漫長的人生。

或許在這時代的人會覺得，什麼君臣名義已定，是很可笑的事情。這個時代崇尚自由、個人，毫無拘束。

葉子很欣賞這時代的自由奔放，常讓她想起故國的浪漫狂誕。但也有些原則，是她無法更改的堅持。

既然認了這個臣下，名義已定，那就是推心置腹，絕不相疑。

這已經是國三最後一個學期，課堂上的氣氛很緊張，準考生的壓力都很大。寒假前本來已經消停許多的鳥獸散，現在又開始如瘟疫般蔓延。

早該知道，就算放了「讒語」，也難抵青少年骨子裡那火焰似的畏強凌弱。

像現在，西顧左轉走去他們班，就有群女生用聲音不小的「竊竊私語」霸著樓梯，關鍵字刻意揚高，什麼「抓娃娃」、「男女關係很……」，還提了西顧的名字。

葉子眼睛微瞇，挺直了背，走到那群女生面前，手輕輕搭在扶梯，靜靜的望著她們，一言不發。

有人怪叫，有人哄笑，遠遠的看熱鬧。

其實她明白，這些小孩子只是在苦悶的準考生生涯無處可發洩，在青春期騷狂的發動中，挑選最可欺的對象。

原本她也可以不計較。

但君臣名分已定，她不容任何人辱及臣下。

騷動漸漸安靜下來，隨著葉子漸漸蒸騰而起的強大威勢。她盯著那群囂張的女生，一個個看過去，觸及她充滿冰冷威嚴的眼睛，居然有種膝蓋發軟，想要跪下去的衝動。

去而復返的西顧，看到的就是這樣的場景。恍惚覺得，穿著白襯衫百褶裙的葉子，像是改易鳳袍十二龍釵，氣場強大尊貴無比，不發一語就臣服了所有人，連他都受到這股氣場影響，背挺得筆直，肅穆而沸騰。

剛他轉回去覺得不妥，這次模擬考又是葉子拔頭籌，第二名連車尾燈的餘光都看不到，強烈的忌妒容易招來邪祟……連受知識保護的學校也處處可以看到這種小東西。

所以他轉身回來，想陪葉子到班上，沒想到看到葉子這樣氣場強大、威嚴無比的一面。

走到她背後，那些女生嘩啦啦的讓路，葉子微微一笑，這才莊重拾階而上。

「……不請我當保鏢也可以。」西顧有些惆悵的說。

葉子轉顏，又是那個清淡無所爭的書呆子。

「裝的。唬唬平民百姓可以，唬不過妖魔鬼怪。」看西顧還有些鬱鬱，她湊近些耳語，「我代過一陣子蕭太后。」

慈禧太后他倒是知道，蕭太后是誰？

但是愛面子的青少年沒敢問出口，反正什麼不懂去拜Google大神就好……結果拜完了，他也愣住了。

蕭太后，名蕭綽，小字炎炎，也叫蕭燕燕。她是遼朝（就是跟北宋打得死去活來的契丹）景宗之后，景宗胸懷大志，可惜身體很差，除了倚賴遼漢大臣外，就是倚賴蕭皇后，而且囑咐皇后言論也應稱「朕」，可見蕭皇后當時是代行皇權的。

後來景宗駕崩的時候，遼聖宗才十二歲，由年方三十的蕭太后攝政，開始了承天后時期，是個文武雙全的了不起政治家，讓北宋吃虧吃到欲哭無淚的澶淵之盟，就是從她手底達成的。

蕭燕燕年輕時曾許配給漢臣韓德讓，還沒有來得及結婚，就被皇帝選為妃子。遼景宗死後，蕭燕燕因為韓德讓的政治與軍事才能。改嫁給韓德讓（當時契丹族的風俗是允許的）。她私自對韓德讓說：「我曾許嫁於你，願諧舊好。國主亦為汝兒。」，只是讓世人譏謗的是，蕭燕燕祕密派人鴆殺韓德讓的妻子李氏，韓德讓從無他言。

坦白說，西顧真的一整個天雷滾滾，被雷得裡焦外嫩。

除了那天她展現的強大氣場外，他怎麼看都看不出來，帶著黑框眼鏡，無時無地不死盯著書本的葉子，會是那個權勢滔天，上馬能治軍，下馬能治民的蕭太后。

「……妳什麼時候……『代替』蕭太后的？」西顧澀聲問。

「就她剛當太后那會兒。」葉子頭也不抬，「剛死了老公傷心過度，疏於防範，病沒病死，倒毒死了。」她這才嘆口氣，「硬掙命了幾天。這女人，生前厲害，死後更厲害，真被她煩死。」

當時葉子又面臨了一次失敗，但這次的失敗沒傷到什麼魂魄，讓她能夠清醒的挑挑揀揀。讓她選，她才不會去選蕭燕燕，資質之破爛史無前例。

但這女人，魂都離體了，硬吊住一口氣，也不知道是哪個渾球讓她知道了葉子的來歷，生魂硬抱著腿纏了她七天七夜，打又不忍打，趕又趕不走，眼見就要詐屍成厲，葉子只好滿懷苦水的去接了棒子。

「幸虧底子好，調養得過來，不然哪能生龍活虎的去督軍。」葉子滿腹牢騷，「一睜眼就是爛攤子，爛到爆炸。還得為了籠絡人再嫁一次，虧得極大。讓我知道是哪個爛舌頭的多嘴……」她牙齒咬得咯咯響。

西顧沒有答腔，低頭沉默好一會兒，「妳真的……我是說，『蕭太后』那會兒……妳真毒死了韓德讓的老婆麼？」

「你覺得我是會幹那種事的人嗎？」葉子翻開書頁，「我在宮裡，她在宮外，她相公又不是沒回去，我也沒攔。」沉默了一會兒，「是她硬要跟我喝杯姊妹酒……我趁她不注意的時候把酒換過來，她喝了原本準備給我喝的酒。」

她自嘲一笑，「我這人呢，心腸不好。但我對世人，沒有什麼好惡。規規矩矩、客客氣氣、得過且過……到底我只是過客，別人是認真過一生的在地人。但誰想害我，我就害誰。誰想殺我，我就殺誰，半點沒得商量。」

「別人不知道，我想老韓是知道的，搞不好還是他出的主意呢。阿奴（遼聖宗）因我改嫁於他，奉他為父。若我死了，老韓就成了攝政王，他那蠢老婆就成了王妃……說不準還有機會當皇后呢。只是大家沒撕破臉皮，含糊過算了，我才懶得跟他們計較……反正我算計他們，他們蠢得死人，又看不出來。」

西顧見她撇嘴，一整個少女，突然覺得好笑。三千年呢，他連三年都覺得很長，但她這樣一世世保持著記憶借屍還魂……魂魄卻是乾淨的，一點點都沒沾染上什麼。

「葉子，妳很乾淨。」西顧沒頭沒腦的說了句。

但這個都快成人精的葉子卻聽懂了。她笑了笑，並沒有說什麼，卻安排了一次旅行，帶著西顧去野柳晒了一天太陽，發紅脫皮的在沙灘挑挑揀揀，直到揀著一個只有拇指大，卻非常非常圓的石頭。

她遞給西顧，「不是我乾淨，是歲月會淬鍊雜質、磨去不需要的稜角。如果三千年我還磨不乾淨，我還修什麼道。」

西顧盯著那顆除了極圓別無出奇的石頭，「……能不能打個洞？」原本晒紅的臉更紅了。

「你想當項鍊？」葉子訝異，想想笑了，「不用打洞，我弄個鏈子吧。」

真不知道她還有什麼不會的。那天回去，她買了一堆怪模怪樣的工具，織了一個銀絲囊包裹那顆石頭，原本平平無奇的石頭，讓她動手過，異常別緻，粗獷豪氣如男兒應有。

西顧很愛惜這條石頭銀項鍊，連洗澡都捨不得拿下來。

有時暴怒、沮喪，或者自卑的時候，他就會凝視這條項鍊，想著葉子昂著首，神采飛揚的面對淬鍊和磨礪，心情就會平靜下來。

後來在閒暇時，他也學著葉子老捧著書。沒辦法，葉子出口成章，信手拈來都是成語典故，他不想老聽不懂。

連他的名字，都是含意很深的呢。

他只知道，他的名字是外婆取的，但是葉子就能喟然一嘆，「你外公風流成性吧？」

「……妳怎麼知道？」西顧大驚。他成了「失蹤兒童」時，已經懂事了，外婆帶他的時候比較多，他也知道外公外遇得比吃飯還簡單。

「『煢煢白兔，東走西顧。衣不如新，人不如故。』這是〈古豔歌〉。你外婆對自己男人絕望了，希望你能記住『衣不如新，人不如故』，才隱約含蓄的將你取名為『西顧』。」

原來如此。外婆，我知道了，記得了。雖然妳等不及我回家。

「這些東西，知道就好，用不著成天捧著書背。」葉子看他成天捧著詩詞猛看，覺得好笑，「背來作啥？寒不能衣，飢不能食，為了什麼平仄格律死鑽活鑽……一點靈氣都沒有。還不如唐老頭幾句胡謅。」

她三千輪迴，沾到名人邊兒的也只有三、四遭。她還當過唐寅老時的侍女呢，她服侍得異常甘心，就是這狡猾老頭兒讓她有知音之感。

「桃花塢裏桃花庵，桃花庵裏桃花仙；桃花仙人種桃樹，又摘桃花換酒錢」。

酒醒只在花前坐，酒醉還來花下眠；半醒半醉日復日，花落花開年復年。

但願老死花酒間，不願鞠躬車馬前；車塵馬足貴者趣，酒盞花枝貧者緣。

若將富貴比貧賤，一在平地一在天；若將貧賤比車馬，他得驅馳我得閑。

別人笑我忒瘋癲，我笑他人看不穿；不見五陵豪傑墓，無花無酒鋤作田。」

有回她心情極好，半歌半詠的唱了這首〈桃花庵歌〉。

「千詩萬詞，只有這首合了我心意。」她對西顧笑，「酒少喝點就更好了……唐老頭兒就是病酒太多，才活不到百歲就去了……」語氣很惆悵。

……古人五十四歲，也不算太短命吧？

西顧嘆了口氣，愁眉不展。真要追上葉子，要看得書，真的好多好多好多啊……

* * *

蘇西顧在學校是個很特別的存在。

他臉上有著灰白的長疤、倒三角眼，臉色陰冷，實在不算什麼帥哥。

但是他很酷。一頭長長點就亂糟糟的頭髮，連梳子髮油都不用，只要隨便抓抓就能當少年漫畫男主角了（不是七龍珠！），加上那張壞人臉，反而很搭、很有型。

剛上國中就聲名大噪，一個人打趴了六個學長，被明顯偏袒的訓導主任叫去罵時，他一怒拍碎了鋼桌上的玻璃墊，差點把主任嚇得屁滾尿流。出入不正當場所，還會勒索街頭的小混混。

但是，他不對一般學生動手，卻也不對任何人來往。明明常常蹺課，但是成績一直都保持在中游。他會被踢去放牛班是因為「品行惡劣」，並不是成績太糟糕。

但他的「品行惡劣」，卻不是帶著一班小弟鬼混，而是確確實實的一匹孤狼。

在苦悶的國中生涯裡，這已經夠讓一些小女生眼睛冒星星，幻想著天使拯救惡魔的浪漫情節了。

但讓這種莫須有的浪漫加溫到沸騰的，卻是他對一個女生的「好」。

就算是蹺課，他也會把那個女生送到學校才轉身走掉，放學又會倚在校門外，接那個女生回家，風雨無阻。

如果說，那是個非常美麗的女孩子，或許這些小女生還只是微酸。但是那個女生，除了歲歲月月拿第一，長得只能勉強說不醜，卻大眾得難以違心說清秀。

可是，這個叫做葉子慕的女生，在朝會昏倒時，蘇西顧卻粗魯的推開所有擋著他的人，搡開老師，一把把昏厥的葉子慕橫抱去保健室，完全無視老師氣急敗壞的吼叫和同學的起鬨與口哨……

這簡直是偶像劇才會出現的人物和情節！

許多小女生在心底都湧起相同的聲音……「為什麼不是我？」

當然，她們不知道，葉子和西顧只是打了個保鏢合同。而西顧，因為經歷的緣故，非常敬業。那次葉子的昏厥，是因為一隻稍有道行的魑魅混進學校，憑依到葉子身上，敬業的西顧趕緊去處理而已。

那時合同關係成立還沒半年呢，西顧還是很彆扭的時候。

西顧和葉子曾經百般推敲班長的動機，雖然略微接近了事實，卻沒搞懂為什麼會這麼推波助瀾、歷久不衰。

幸好葉子是個千錘百鍊的銅豆子，捶不扁、炒不爛的，這種精神上的校園霸凌在她心靈連個指紋都留不上。換一個普通少女可能會留下濃重的心理陰影。

經過了一個寒假，卻沒有讓他們的日子安靜些，這個學期註定囂鬧不堪。

還別說，「腹有詩書氣自華」這句話還真有點道理。以前西顧是經歷太多血腥生死，勉強自己讀書，不想往黑路子再經受刀光劍影——古惑仔的日子不是電影那麼瀟灑的——他對讀書其實沒什麼興趣。

但是確定「君臣」，他很想快快趕上，囫圇吞棗似的咽了一堆詩詞歌賦和古典小說，讓他原本強悍的流氓氣漸漸收斂起來，轉成一種鋒銳的戾氣，從「壞孩子」慢慢的變成了「酷小子」，對葉子的表情越發溫和，偶爾一笑更讓人看了眼神發亮。

這個，就是葉子被徹底孤立的真正緣故，甚至連老師都開始對她冷漠……因為在她的抽屜裡搜出非常詳盡的小抄。

連有三千輪迴的葉子都感嘆了。這麼薄、這麼小的紙都能用電腦列印……科技真是日新月異，栽贓嫁禍的手法推陳出新、非常別緻。

她如果有那麼多時間做小抄，不會乾脆背起來？好歹三千年魂力累積，過目不忘只是小菜一碟。

「為什麼？」西顧真氣得發抖。

「反正也沒記過。」葉子聳肩，「沒弄出人命就好。以前啊，我還被栽過巫蠱呢，亂棒打死。這是小意思……」

不過那時她沒經驗，現在可有經驗了。只是紙錢好貴……弄個返咒也收費高昂……這些臨時役神實在太坑人了。

班長在家病假了一個禮拜，全身密密麻麻宛如小抄紋的「淫疹」，才褪了個乾淨。沒想到不只她病假，西顧他們班也「淫疹」好幾個。

這年頭，連栽贓嫁禍都成群結黨了。只是她還是很納悶，搞不懂她們的動機。

只能說，這是一個愛恨交織的誤會，所引發的一連串血案。

不管怎麼囂鬧，這個學期終於結束。一直到最後一次模擬考，葉子的成績依舊高掛第一，看起來省中絕對沒問題。

西顧雖然已經很努力了，但他頂多只能上縣中而已。

「不用擔心，我一定是縣中。」葉子笑了，一面燒紙錢，「我們一定會同校，你這個保鏢是跑不掉的。」

西顧以為，葉子大概又用臨時役神在卷子上搞鬼，卻沒想到她是在自己身上搞鬼。

他真的以為，葉子的身體好起來了，卻沒想到，她只是用臨時役神硬壓住，等到聯考時才大爆發。

於是葉子發著高燒去考試，考完最後一科被救護車載走了。

於是西顧在她病床邊暴走了。

「……西顧，你留點力氣。」終於退燒卻面白如紙的葉子氣若游絲的說，「我的肚子，很痛。我猜……我得割掉盲腸了。」

咬牙切齒的西顧跑去護理站吼了，「護士小姐！有個笨蛋把腦子燒糊又把腸子燒爛了！」

罵得很兇的西顧事實上非常焦慮。

確診為盲腸炎，他拿著葉子的錢包跑上跑下的辦手續，一面焦慮的打電話給葉子的爸媽，一面在手術室外焦慮的走來走去。

盲腸炎是小手術，應該很快才對，但拖了好幾個小時都沒完。而葉子的爸爸據說出差了，葉子的媽媽有很重要的會議正在開。

一個冰冷的事實幾乎貼在他臉上，但他不想承認。他寧可騙自己，葉子的爸媽只是忙，並不是不愛她。他們一定也很憂心，只是太忙了。

一定是這樣。

葉子……不會跟他一樣，都是爸媽不要的孩子。

他已經謹慎的留了話，打了好幾次電話，她爸媽隨時都會來的。

但是病危通知書，還是他接的。她爸媽並沒有來。

只是盲腸炎啊，為什麼會有病危通知書？他僵在手術室外面，死死盯著門，動彈不得。

直到葉子終於被推出來，他又被粗魯的趕開。不過幸好，雖然一度非常危急，總算是緩過來了。現在只是麻醉還沒退而已。

等他能靠近的時候，葉子的臉孔比被單還白，沒有戴眼鏡的臉孔顯得很小，嘴脣一點顏色都沒有，還有點乾裂。護士交代他，葉子若醒了，不能喝水，只能拿棉花棒沾水給她潤潤。

他面無表情的點頭，死死盯著葉子，連眼睛都不敢眨，怕一眨就會掉眼淚。

她的手很冷，腳也很冷。明明是炎熱的夏天，空調也還好。他低頭把被子盡量裹住她的腳塞緊，把她的手也塞進被子裡。但是打著點滴的手卻不能這樣，他拖了張椅子坐在旁邊，小心翼翼的避開針頭，用手幫她取暖。

她的脈搏，好弱。她的爸媽，為什麼還不來？接到病危通知書的時候，他明明又打了電話，分別通知了她的爸媽，可他們的口氣，為什麼是掩飾不住的不耐煩？

那一夜，他睡得很差。雖然旁邊有給家屬用的睡榻，他還是睡睡醒醒。他承認，他很害怕。若是葉子死了……他害怕，很害怕。

葉子終於醒了，只是虛弱的說，想喝水。西顧嘶啞，「醫生說，還不能喝。」拿了棉花棒沾水給她潤唇。

她硬扯出個笑臉，「沒事。」又昏昏睡過去。

趁她睡去，他悄悄的摸了摸她的腳……還是那麼冷。他起身，滿懷心事的搭電梯去醫院裡的便利商店。襪子是有得買，可手套就沒有了。就是因為她打著點滴的左手冷得跟冰塊一樣，他才會想到去摸摸她的腳。

又胡亂買了個三明治和牛奶，就算打發了早餐。但他卻覺得吃了一肚子的舊報紙。

低著頭，剛出電梯，就聽到非常激烈的爭吵聲。

「……你賺錢養家？我就沒賺錢養家？」女子的聲音非常尖銳，尖銳得破嗓了，「憑什麼怪我？我媽在的時候，子慕都是我媽在帶的！為什麼我媽可以帶你媽就不行？……」

「妳媽只有妳一個女兒，我媽可不只我一個兒子！妳不要轉移話題，妳根本就沒盡過做母親的責任……」

「你就盡過做父親的責任？你不要忘了，當初我們結婚的時候明明講得好好的，家務平均！結果呢？為什麼都是我在做？要擺爛大家一起擺爛……」

「我可是雇人來打掃了！」

「說得好聽，你沒跟我要一半雇人的錢嗎？一毛都沒少過！」

男子語塞片刻，冷笑了，「經理薪水多麼，跟我這小襄理計較？」

「升得上經理，怪我囉?!」

「妳不要以為別人都不知道，妳這經理是怎麼來的。」男子又冷笑。

「當然是我用心努力得來的！」女聲更高昂，「別轉移話題，雇護理的錢你到底出不出？」

「我就不出，怎麼樣？女兒開刀是妳當媽的要來照顧，想花錢了事？免談！……」

聽不下去了。

西顧匆匆走上前，將門用力一捶，把兩個吵得正歡的夫婦嚇了一大跳。

他真希望……這不是葉子的爸爸媽媽。但是……葉子的長相，就是他們倆的綜合體。而他們，正在昏睡的葉子病床前，大吵特吵。

「這是醫院。請安靜。」西顧臉色一寒，殺氣緩緩溢出，「出去。葉子有我……我們同學照顧，不用你們。」

「你是誰啊……」葉媽媽尖聲，西顧抬起眼，盯著葉子的媽媽，又盯著葉子的爸爸。這兩個人將話都咽進肚子裡，渾似被蛇盯上的青蛙，動彈不得，後頸的寒毛豎得筆直。

西顧讓了讓，陰森森的說，「出去。」

他們不由自主的出了門，門在他們身後大力的甩上。愣了一會兒，經年累月的相互怨恨讓他們很快的醒神過來，吵罵起來，直得護士前來干涉。

捽上了門，靠著門很久很久，西顧才慢慢滑坐下來，將全身蜷縮成一團，緊緊抱著腿，將臉埋在膝蓋上，很輕很輕的飲泣。

他一直騙著自己，朦朧的希望葉子其實很幸福，爸爸媽媽只是很忙，卻依舊愛她。

既然不愛我們，當初為什麼要生下來？把我們帶來這個世界，到底是為了什麼？

「……西顧。」葉子軟弱的聲音在安靜的病房裡響起。

他屏息，飛快的擦去眼淚，走上前，看她打著點滴的手蒼白的靜脈那麼明顯，他兩手闔著幫她暖和，「……嗯。」

葉子盡力握握他的手，卻只是微微緊了緊，「不要難過。親恩淺，還起來比較快……這時代自由奔放，總要付點代價。」她的聲音微不可察，「要找個父母雙全、幸福美滿的家庭已經不多了……我們並不是最糟糕的……」

幾滴溫潤，落在葉子蒼白的手背上，卻是這樣淒涼的滾燙。西顧極力忍住，掏出葉子幫他繡的手帕輕輕拭去那幾點淚。

萬一滲入葉子打著點滴的傷口就不好了。

「不要害怕。」葉子握著他的手，「我們是君臣，所以我也不害怕。」

西顧緊緊咬著自己的脣，狠狠地點了點頭。

那天晚上，葉子的傷口毫無理由的惡化了。

醫生護士圍了一床，粗魯迅速的撕開膠帶，剪斷縫合線，立刻處理化膿的傷口，葉子緊緊咬著牙，示意西顧出去，可他只是緊緊抓著葉子的右手，臉孔越來越白，卻死死盯著，親眼看著醫生往傷口塞了一小罐藥布，留了一小截出來引膿。

他輕輕擦著葉子額頭沁出來的冷汗，模模糊糊的聽到醫生幾句話，「感染」、「嗎啡」，無意識的注視手帕上的暗繡。

其實，他沒有帶手帕的習慣，總覺得很娘氣。但是葉子歇歇腦袋的方法就是刺繡，身體不好做不來大的繡件，偶爾做做他的衣服，更多的是好幾盒子的手帕。

怕他拿著不好意思，都是顏色相近的暗繡，非常精巧。但總會有個非常象形的月兔，因為這是他名字的來歷。

或許就是因為這樣，他隨身都會帶著幾塊，洗過澡後，就會愛惜的用冷洗精手洗，乾了就會扯住四角疊得整齊放在口袋裡。

痛到要打嗎啡了，葉子只是咬緊牙關，一聲不吭，最後手一鬆，應該是昏過去。但他反而攢緊了葉子的手。

不要害怕，葉子，不要怕。我們是君臣，所以我們不害怕。

葉子昏昏醒轉時，看到西顧虛握著她的手，趴在床邊睡得很熟。

試著動彈，發現一點力氣也沒有，她在心底苦笑了一下。

肚子上的那一點傷痕，火燒火燎，但痛感鈍了很多。

終於死心，終於斷念了吧。

當初她因為歷劫不順，第一雷就沒挨住，魂魄受了重創。養了兩百餘年，越發虛弱，非有個肉體涵養不可。可她傷到這種地步，只能像個蒲公英種子隨風飄盪，沒得挑剔了……一睜眼，只看到半缸血水，血都快流光了。

等她耗盡最後稀薄的魂力保住命，才發現這具肉體，不夠「乾淨」，還雜著太多的眷念和不甘、不解。

她能夠輪迴三千年，借屍還魂沒出大差錯，就是因為她的師傅耍她歸耍她，還是給了她一點方便。每次轉世都能用功過簿招來地頭蛇諮詢一小段時間，省得被人看破手腳，招來什麼和尚道士就不好了。

只是她的師兄能把各級土地差使得團團轉，她差了許多，頂多就是客氣問問人家地基主。

但這世，她頂多問問那些高科技家電怎麼使用，對於前主更多的印象，卻來自前主數量龐大的日記。

這是個偏才偏得非常厲害，但非常早慧的小女生。剛上小學就開始寫日記，思路流暢，用詞精準敏捷，若是沒有自我了斷的話……說不定又是一個蔡文姬。

十二歲之前，外婆疼她愛她，她是個乖巧聽話又喜歡看書的小女生。日記所記，多是瑣事和讀書心得，卻妙趣橫生，天真自然。她接受父母很忙，卻很愛她的「事實」。

直到外婆車禍過世，她驟然從天堂跌入地獄，茫然的跟隨父母回到台北。祖母和媽媽的婆媳關係惡劣，遷怒到她身上，她每天過去祖母家吃飯，受盡白眼，晚上回家，只有她一個人，父母要到很晚才回來，看到她也不會有什麼好臉色。

而鄉下小學與都市小學根本就是兩個世界，她一個學期中轉來的內向小女孩很快的就成了被欺負的對象。坐在她後面那個男生，總是故意拿圓規的尖端刺她，踹她的椅子，等她驚慌閃躲的時候，讓誤以為她不守規矩的老師斥罵，在背後竊笑不已。

坐在她旁邊的女生很兇，只要她的手不小心超過線，就會毫不客氣的拿起鐵尺打她的手臂。

誰都能推她一下、踩她一下，她只能哭，只能哭著喊阿媽。

但她不是傻，或者說，她實在超過年齡太多的聰慧。她說，她成績不好，所以老師只相信後面每次都第一名的男生。她說，每個人都有心情不好的時候，所以她只是個被拿來發洩用的「祭品」。

她也是人，她也有恨，也會怨，也會思念外婆哭泣不已。只是誰也沒想到，這個畏畏縮縮的小女生，會有這麼大的決心，在一次小小的刺激之後，潑天似的發作。

有回，她又被後座的小男生推倒，額頭撞到桌角，哭著回家。回去剛好遇到早歸的父母在吵架，盛怒的母親打了她一個耳光，罵她沒出息只會哭，「妳不會打回去？生手給妳是幹什麼用的？」

第二天，當那個男生又用圓規的尖端刺她時，她跳起來搶過圓規，惡狠狠的刺了那個男生兩下，撲上去撕打。她知道很多人抓她，也有人打她，當中還包括老師。但她說什麼也沒鬆口，硬在那個小男生的胳臂上咬下一塊肉。

一直動不動就哭的她，這次一滴眼淚也沒掉，沉默的被老師打手心，沉默的讓趕來的母親打耳光，回去還迎接了父親的一頓藤條。

她寫了一夜日記，直到天亮父母都去上班，關上門了，她去廚房選了一把稱手的菜刀，將左手擱在浴缸邊，狠狠地剁下，終歸是力氣小了，沒斬斷手腕，但割斷了動脈，她默然的看著噴湧的血液，將手伸在半暖的水裡，生機尚未斷，魂魄就堅決追著外婆去了。

所以葉子的身體這樣的差……當時人生地不熟的葉子，根本沒去醫院，而是用殘存魂力修補住傷口，左手的手筋差點就沒救回來，現在她左手還不太能提重物。失去那麼多的血，她一個受父母厭惡的孩子，也只能藉口祖母不想看到她的因由，自炊自食的用食膳和藥膳想辦法養回來。

但這些，並不是她時常發燒昏厥的主因。而是前主留下來的一口渴慕親情不甘不解的怨氣糾結著這個肉體，說得時髦些，就是精神官能症。

原本她推算過，若是她考上省中，父母親恩就算了帳了。畢竟葉子慕對她父母而言，不過是中上層階級拿來炫耀子女的工具。若沒個好理由塘塞，她沒辦法解釋為什麼落到縣中這個成績。

但她沒有料到的是，她的父母已經水火不容到這個地步，等不到她的成績放榜，就自格兒把親恩折騰乾淨，還讓前主的那絲思慕怨氣潰不成軍，就這麼消散了。

這個時候起，「葉子慕」的肉體，才完全屬於「婆娑」。

可她，反而默默落淚，輕輕的撫著自己胳臂。

葉子跟西顧直言，「南瞻部洲的男子，個個心存薄倖，口蜜腹劍，不值得相與；女子只深陷情愛痴纏，整個鑽到情字底，什麼都沒有，深妒淺薄，我也不願為伍。」

西顧冷哼一聲，「妳也就嘴巴痛快痛快，事實上，對誰都看不上，卻也對誰都存著一絲溫情。」

這個時候，葉子不得不承認，西顧固然大膽鹵莽的自求為臣，卻某些部分，的確知她甚深。

＊　　＊　　＊

一個小小的盲腸炎，葉子卻住了十五天的醫院。

不過除了那夜莫名的感染，她倒是沒出其他狀況……比方敗血症之類的，已經很感謝上蒼了。

也幸好在醫院躺著，剛好避掉家裡天翻地覆的那場破事——她父母終於協議離婚，當中的確熱鬧滾滾，脣槍舌戰、刀光劍影……

不過等她出院，也總算是塵埃落定，該分的都分完了，連貸款中的房子都協議出售償還貸款平分，唯一尚有爭議的，是剛出院的女兒。

只是她的父母與眾不同，別人家是搶監護權，他們家是互相推諉。

有的人，天生不適合當父母。葉子默默的想。但他們不知道，只知道性衝動，然後害人害己。

最後是她按著肚子的傷口緩聲慢語的拍定：既然她要上高中了，家也準備賣了，不如父母各出五萬塊讓她先繳足一年的房租和押金，在學校附近租屋，每個月父母各出五千塊讓她生活。

好聚好散，只望後會無期。她那對不適任父母倒是乾脆，各自整理行李，頭也不回的走了。

這件事情這樣荒唐的落幕，葉子倒還平靜，西顧卻很難以接受。

葉子冷靜的跟他分析，其實這兩個人早就貌合神離，在她出生不久後就相互冷淡了。只是當時經濟狀況不好，房子、車子、孩子不共同搭伙，生活不下去，才互相忍著，盡量避免相處，各過各的。

葉子的盲腸炎讓他們避無可避，終於爆發了積怨已久的衝突，才會這樣果斷又戲劇化的離婚。

「……妳每天為他們做早餐，晚上做菜不忘留一份用保鮮膜放冰箱，」西顧非常傷心，「幫他們擦皮鞋、送衣服去乾洗，熬這個燉那個……到底誰才是父母？為什麼他們還敢不要妳？」

西顧為她問，其實也是為自己問吧……？

「這是孝道，我已盡孝，問心無愧。」也是為了那個可憐的、還抱著點希望的葉子慕做的，「有的人，天生不適合當父母。所以婚姻之事，當慎之又慎。西顧你一定要謹記在心，莫為必然消逝的激情和衝動，導致你我今日的痛苦。」

西顧能領悟多少，其實她不知道。但是西顧沒幾日就一反過往鬱結不去的怨氣，像是拋開了什麼沉重的重擔，不再心事重重。

於是她和西顧，在未成年前就失了家。未成年而夭折稱為「殤」。對他們而言，雙雙「家殤」。卻由不得他們，由不得。

之五 回頭

雖然父母親很爽快的付了房租押金，但葉子卻沒去找房子，而是商量能不能和西顧合住。

「……妳跟我商量?!」西顧怒吼，「我什麼東西不是妳的，妳還需要跟我商量?!」

葉子啞然片刻，「……我是怕擠了你，你住的地方本來就不大……」

「我不照顧妳誰照顧妳？」西顧更兇狠，「別忘了，妳還小我兩個月！」

葉子沉默了一會兒，才細聲細氣解釋，這十萬塊是他們僅有的保命錢，不能輕易動用。她很明白那對夫婦，雖然說好每個月給她一點生活費，但一定一、兩個月後就忘到腦後。

讓她上門去討？她並不想吃人臉色和閉門羹。

「……我知道。」西顧僵硬的別開臉，「先安頓下來……讓我們倆吃飽肚子，我還行的。」

於是葉子提著裝了兩箱衣服的行李和一部筆記型電腦，就搬去西顧鴿子籠似的小窩。她房間裡的零碎和書籍，託西顧轉去或賣或送，居然也有幾千，讓他們有錢買了上下鋪的雙人床，不然真的連走路的地方都沒有。

西顧不知道哪兒淘來的小流理台，塞在陽台那兒，還添購了一個鞋櫃似的小冰箱。有點笨拙的在陽台煮稀飯給大病初癒的葉子吃。

其實稀飯有點焦，但葉子還是笑笑的吃下去。

這才是一個家。葉子想。有沒有血緣，富不富貴，關係都很小。像她和西顧這樣，才是一個家。

葉子睡在下鋪，西顧在上鋪，冷氣定在二十七度……因為她傷口還疼得緊，沒有冷氣睡不著。

「……你知道俞伯牙和鍾子期麼？」葉子的聲音在黑暗中響起。

「知道呀，高山流水知音。鍾子期病死了，俞伯牙碎琴，從此不再彈琴。」西顧回答。囫圇吞棗式的狂補課外讀物，總算有點成果，他不禁有點小得意。

葉子停頓了一會兒，很認真的跟他解釋起葛國的「君臣」。

所謂的君臣關係，分為國君國臣，那就跟這邊沒什麼兩樣。但另一種私人性質的「心君心臣」，就是一種很崇高、很希罕的關係。葛國男女關係與此時此地有些相類似，性情不合就好聚好散，離緣再婚沒什麼稀奇。

但心君心臣卻通常是一生一世，彼此相知甚深，竭盡忠誠。而且對象很少是人類……有葛民戀慕山君去成為山君心臣的，也有妖屬深愛葛民願為心臣不離不棄的。

葉子絞盡腦汁不知道怎麼解釋或類比，原本想到這邊風俗的結拜……卻想到結拜往往摻雜許多利益的雜質，很不是什麼好例子，剛才想到伯牙子期還勉強類似。

「本來你還小，心性不定，要你承諾這個，似乎太為難……」葉子安靜了會兒，「但我病難之中，你不離不棄，所以再問你一次。我願為心君此後與你榮辱與共，赤誠相待，你可願為我心臣？」

「妳廢話很多，拐彎抹角的。」西顧冷哼一聲，「不就試用期轉正式員工？囉哩囉唆。我哪裡小？我比妳大兩個月！知道了，快睡覺！」就不理她了。

葉子望著上鋪一會兒，闔上眼睛睡了。

畢竟還是小孩子，難過也哭，高興也哭，還怕人知道呢。

福無雙至，禍不單行。

好不容易安頓下來，西顧工作幾年的電動遊樂場，被抄了。他的打工就這麼沒了。

也就是說，他們倆剛上高一，就斷絕了所有的經濟來源——開學那個月，葉子的爸媽不約而同的「忘記」匯生活費了。

沮喪了幾天，又奔波無果，西顧卻一掃過去怨天尤人的態度，反過來安慰葉子，「看起來似乎很糟，我們才上高中，就沒人管了。但我們要從另一方面來想，我們才上高中，就得到自由，沒人會管我們了。自由總是要付出一點代價。」

葉子瞅著他的眼神柔和下來，暗暗點頭。這孩子還是受教的，她不落痕跡的引導，還是有用處的。

「有什麼主意呢？我們總是得混個營生。」

最後是西顧那條別出心裁的石頭項鍊給了他們靈感。有個賣假貨的老頭纏著要買，老頭兒眼光毒辣，一眼就看出那是失傳已久的手工，拿來弄舊成贗品可是筆大錢。

西顧當然沒賣，卻跟葉子學了這門手藝。這年夏天流行中國風，他們批發了一批耳環手鍊，加上自己手工作的首飾，一個黑手提箱就能擺到夜市去，跑警察時只消闔上手提箱，就可以溜得遠遠的。

還別說，西顧還真有點天分，學得極快，雖然在葉子眼中實在粗糙了，但卻符合潮流，很是大氣，不只是女生喜歡，連男生都喜歡。只是西顧的樣子著實有些嚇人，葉子體質孱弱，所以擺攤的時候是兩個人一起來的，為了這個，西顧還買了部中古機車，好在各大夜市奔波。

東西是好東西，但他們倆實在不是做生意的料。西顧不會招攬生意，葉子也是靜靜的坐在折凳上繡手帕，生意說不上太好，但也說不上不好。可葉子的手藝配色實在太強悍，居然比首飾賣得好，只是西顧黑著臉不願她太勞動。

不過，到底解決了吃飯問題。

雖然清貧，得數著銅板過日子，倒也舒心快意。償了親恩，葉子終於有辦法琢磨修道的事情了。無奈怨氣雖去，這個肉體底子太薄，又折騰得太兇狠，她只能耐下性子好好調養，順便教西顧練武，將來才有人跟她對練。

但她體質的孱弱，還可以慢慢來。西顧身上的饕餮影，卻迫在眉睫。

西顧臉上的疤痕，就是饕餮侵影的痕跡。所以並不紅腫，反而是刮去一點皮肉的灰白。他能誅殺妖魔鬼怪，就是靠饕餮侵影的妖力，然後啖食妖魔鬼怪回饋給饕餮養傷。說淺白些，西顧是個「管道」，侵害不深，當然日子久了，原本是凡人的西顧一定會被邪氣感染致死。

現在饕餮死了，西顧啖食妖魔鬼怪的邪氣就積在身上。不知道該說他堅毅還是頑強，當初讓饕餮拐去的孩子幾乎死了個乾淨，他居然部分同化了饕餮影，還能強行消化那些鬼魔之氣。

但這樣，西顧恐怕活不過三十。三十之前血氣方剛，還壓得住這種陰氣，三十之後氣血開始衰敗……

她很憂愁。

幾次扶著西顧的臉頰仔細觀察傷痕，想了無數方法，來來去去都卡在同個關卡。

沒錢。

不禁苦笑，每次轉世都遇到相同的困境。築基需要調理肉體，營養和藥物都得跟上，卻飽受缺錢的苦惱。等築基成功，開始尋找天材地寶，找到的不過一丁半點，卻伴生無數金銀、昂貴寶石，這個時候卻一點用處都沒有。

這個時代，再怎麼清貧，營養都是跟得上的。但是藥材……真讓她屢屢嘆息。

這是個資訊和物流都非常發達的時代。但是對待藥材的粗魯輕率，也是史無前例的破爛。每次看中藥房那樣糟蹋珍貴藥材，她就心口疼得慌。

她的孱弱和西顧的饕餮影，都有藥方可以調理緩解，但是這些不知道是中藥還是毒藥的藥材真讓她苦惱萬分。

一旦得閒，她就讓西顧陪著逛遍台北市所有的中藥行，結果都讓她非常沮喪。

直到有一天，她和西顧收拾好東西，準備去擺攤時，因為時間有點晚，他們拐到一條很小的巷子想抄捷徑。

巷子很小，家家戶戶頂多是一、二層的小樓或平房，也都有著小小的院子。一股很淡的藥香傳來，葉子睜大眼睛，猛然說，「停車！」

西顧也停得很猛，差點翹孤輪。

有行家在這個巷子裡。這明明是煉丹的味道。

葉子按著胸口，強行鎮靜下來，隨著藥香，走到一個非常破落，滿是灰塵蛛網的店面。

路燈昏暗，灰塵又厚，仔細辨認半天，才發現搖搖欲墜的匾額上書著：「回頭堂」。

「有來歷。」她脫口而出。

「小ㄚ頭魂不附體，小子貌合神離，還管人有無來歷。」一個蒼老帶著嘲笑的聲音傳來，讓西顧雙手喇得冒出十只銳爪，警戒起來。

西顧是聽不懂那老頭說啥，但不妨礙他野獸般的危機感。

但葉子卻緩緩睜大眼睛。雖然口音有些差異，但她兩百年前，說了近百年的泉州話，總不會不認得。

「西顧。」她對著搖搖頭，「前輩，可否捨些藥賣我？」

「我的藥只賣有緣人。」一個下巴留了一撮山羊鬍的猥瑣糟老頭，笑嘻嘻的從屋子裡走出來，「別亂搭關係，誰是妳前輩。妳也別妄想我喊妳聲前輩，老兒不吃這暗虧。」

西顧看看葉子，又看看那糟老頭兒。他們說的話，他一個字也聽不懂，只能憑語氣聽來，漸漸平和，甚至相互嘲謔。

然後他就更不明白了。因為他們又搬家了，而且是搬到回頭堂的二樓。也不擺攤了，平白無故的，那個糟老頭把回頭堂交給他們打理，沒幾天就出門，再也沒有回來。

他們突然有了個破中藥堂，而且葉子氣定神閒的當起坐堂大夫——當然是密醫，沒證照的。

「……這是怎麼回事？」他真的糊塗了。

「唔，他大限將至，卻還沒找對路子，我指點了他一下。」葉子含糊的說，很開心的檢點倉庫和陳舊的器材，「一個仙方換他個破鋪子，他還算是賺大發了，不用在意。」

坦白說，每個字分開來，他都聽得懂。但合在一起，他卻還是雲裡霧裡，更迷糊了。

但他是個愛面子的青少年，咬緊牙關沒問下去，只是更賣命的閱讀課外讀物。

這三千年真難追平啊……他真的很發愁。

* * *

其實，西顧還真不相信，這個破中藥鋪可以養活他們。

他也不太相信，葉子真的會當密醫……中醫。

爬在梯子上掃蜘蛛網的時候，他沒好氣的問，「妳不要跟我說，妳是華陀的女兒之類的。」

「當然不是。」擦著櫃台的葉子淡淡的，「孫道長有兩個藥童，當中一個曾是我的曾爺爺。」

西顧僵住，「……哪個孫道長？」

「孫思邈。藥王啊，你不知道嗎？他最有名的著作是《備急千金要方》。」

西顧一歪，差點從梯子上跌下來。

「那時祭祖，都先拜過孫道長才拜我曾爺爺。我的醫術，是從我爺爺這兒學全，然後才教給比我小十三歲的幼弟……你覺得，我夠不夠格坐堂了？」

西顧抓著梯子，好一會兒才緩過來。

孫思邈，唐朝京兆華原（現陝西耀縣）人，是著名的醫師與道士。他是中國乃至世界史上著名的醫學家和藥物學家，被譽為藥王，許多華人奉之為醫神。

仔細算起來，葉子某世還是正統孫道長嫡傳！

「總之不會誤人性命，你放心。」葉子非常淡定。

「……妳到底還認識哪些名人？乾脆列個清單給我？」西顧要抓狂了，三千年追不平了，抓重點好了。

「真的沒幾個啊。」葉子轉身去擦藥櫃，「唐老頭，我說過的。」

「唐伯虎真的有點秋香嗎？」

「沒有！」葉子笑起來，「他娶過三個老婆……都是死一任才娶一任的，不是同時。只是他最後一個老婆叫九娘，他又是個聰明狡猾的混蛋，畫過很多春宮圖，博了個風流才子的渾名。以訛傳訛，才說他妻妾九人，根本沒那回事。

「認真說他就個倒楣鬼，老被牽扯到不該牽扯的事情裡頭去，還差點陪著寧王朱宸濠一起死。但他夠狡猾、夠不要臉，跑去妓院放浪行骸，逼得寧王只好放他走了，不然也是砍頭的命。但他真的是個有趣的人……」

葉子記性好，信手拈來都是有趣的典故和軼事，西顧聽得津津有味，連打掃這破藥鋪都不覺得怎麼累。

雖然西顧很懷疑，這破藥鋪是日據時代的建築，應該名列古蹟了……卻因為太髒亂，所以才列不上去。

雖然經過一個禮拜辛勤的打掃整理，終於打磨出點古色古香，滿園子比人高的茅草割掉，還發現了兩棵營養不良的櫻樹，若干差點被他一起剷除的藥草，讓葉子稍微整理整理，居然產生幾分野趣……

但他對這個藏於深巷的藥鋪未來還是很悲觀。

可他們才打理好不久，就有客人上門了。客人好奇的打量他們，又走出去看擦得錚亮卻依然破舊的匾額上「回頭堂」三個大字。

「……劍真子呢？」客人問，「他回來了沒？你們是他徒弟？」

「他不在。」葉子接過話，「以後由我們打理藥鋪。客人要買些什麼？」

將信將疑的，客人拿了張藥方給葉子，葉子掃了一眼，「這八珍湯是給老人家吃的？若不是，分量還是增減些。」

客人的表情舒緩些，「還真是劍真子的徒弟啊，小小年紀，眼光不錯。就照這樣抓三十服，不然誰知道你們下次幾時有人……」

「三、五年內，藥鋪都是有人的。」葉子淡淡的說，「只是我和西顧都要上學，藥鋪開的時間從六點到十點。所以先抓三服吧？」

客人大喜，高高興興的等她秤藥包藥，提著三服藥走了。

像是有個什麼隱形連絡網似的，每天六點到十點，都非常忙碌。說不上月入斗金，淨利也有四、五萬，讓他們倆的生活大大的寬裕起來。

而且葉子也很跩，一天只看五個病患，而且只調理和醫治慢性病，急症都毫不客氣的叫救護車，這些病家卻客氣得跟什麼似的，一聲都不敢吭。

葉子只說，「這些客人都是行家，家裡不是開中藥行，就是中醫。」

西顧茫然了，「……那幹嘛跑我們這兒？我們這邊的藥還特別貴！」

葉子笑了笑，「咱們起早趕晚的弄藥材，你累不累？」

「累，當然累。我以前以為藥材曬乾就好，哪知道有這麼多名堂……」西顧開始抱怨。

「現在什麼都是機械化、科學化，但不是什麼都能靠燒瓶和顯微鏡就能一清二楚了。」葉子補充著藥屜，「我們對待藥材的方式才是正確的……那些行家，也不敢吃自家的藥，那些中醫，也對自己的醫術沒有太大的信心。」

西顧睜大了眼睛，「……奸商啊。」

「吃不死人的。」葉子淡笑，「不過他們信賴劍真子，現在信賴我。咱們會過得很好的。」

順便還能用不錯的藥材調理她的孱弱和西顧的饕餮影……她對未來，挺有信心。

之六 熄愛

相對於非常動盪不安的高一，自從回頭堂的生意足以支撐他們的生活，並且習慣了早晚勞作，相對之下，升上高二，就顯得平靜無波。

唯一的大事是，原本男女合校也男女合班的縣中，校長不知道哪根筋不對，突然拍板敲定男女分班，於是高一時同校同班的葉子和西顧，高二突然各分東西——他們的教室離得很遠。

上高中以後，西顧去了養家的沉重壓力，回頭堂雖然辛苦，但他終於有時間坐下來認真寫作業和複習了，原本他就聰明，國中那樣惡劣的環境都能保持中游成績，現在有了時間、有了葉子這個超強家教，他的成績一飛沖天，在同年級中能闖入前二十名，更在班上數一數二。

離開了距離太近、蜚短流長的國中學區，在需要搭公車半個小時的縣中裡，他這個又酷成績又優的少年，所有的缺點都成了特點，國中時的「放蕩」，成了「及時回頭」的浪子，人緣一下子爆棚。男生喜歡找他打籃球，女生紅著臉的探頭探腦。

如果不是他臉太冷，又跟葉子形影不離，說不定還會引發情書雨的狂潮。

相形之下，葉子的表現就黯淡多了。不用了結親恩，她放鬆了考試上的追求，完完全全向中間值靠攏。一班四十五人，她是第二十名，名次極鐵，八風吹不動，一直到畢業都是這個名次。在同年級排名也大約在一兩百名內，讓老師罵不到，也重視不了。

除了她有一個優秀又酷的「男朋友」讓人忌妒，也就是會寫些散文，校刊和校際文學獎時有作品和名次，是個才女型的書呆子，沉默寡言，態度閒然優雅。在心智略微成熟的高中生裡，不算太黯淡，但也不扎眼，國中時有的麻煩，就這麼沒有了。

「妳的成績是怎麼回事?!」西顧大怒的指責她。

「卷子懶得寫完。」葉子正在給當歸切片，連頭也不抬，「反正我都會了，用不著那麼勤奮。」

西顧很生氣，問題很嚴重。

最後葉子無奈的抬頭，「又不用還親恩了，考太好要幹嘛？」

「妳又不是考給別人看！妳只要像妳自己就好了，根本不要為了適應環境……」

「我沒有。」葉子苦笑，「考太好就占別人的位置報親恩。我又不像你……將來立志考中醫系。我還在考慮要不要讀大學呢……」

「讀！怎麼能不讀？隨便妳混什麼系……阿拉伯文系也隨便妳，總之妳一定要跟我同校……妳不要光切片！妳聽到我說話沒有?!……」

幸好病人來了，不然西顧不知道要嘮叨到什麼時候。自從他轉「正職」以後，突然以葉子為己任。葉子懶得考，準備一直當密醫，他堅決認為家裡不能沒有中醫執照，所以……他決定要考上中醫系，將來考執照容易多了。

這個「浪子回頭」的前不良少年，回得太過頭了。葉子暗嘆。

現在葉子在看病時，西顧會在旁邊跟著實習。一般來說，都是慢性病、老年病的調養居多，輔助西醫的治療。葉子很少真的開藥方，食療藥膳比較多，也很少強扭病人的飲食習慣。

來的多半是中老年人，真的急症的青壯年都讓葉子喊救護車了。

寒面冷臉的西顧卻對老人家特別溫和有耐性，不知道為什麼，他也挺討老人家喜歡……有些看慣病的老太太、老先生還會特別帶些好吃的東西給他，哄小孩似的。但他都高高興興的收下來，從來沒有不耐煩。

但是另一些中年婦女卻讓他很焦躁，不能耐下心來學著怎麼看診，與對老人家的態度截然不同。

「我不懂，妳為什麼要替她們看……她們沒病！只是太閒……白占掛號名額！」他抱怨。因為葉子每天只看五個病人……就他這個少年看來，這些衣食無缺、通常沒有兒女或兒女已經長大離家，沒有丈夫或和丈夫情感冷淡，生活過得的中年女人，根本是無病呻吟。

「她們得的是絕症。」葉子淡淡的說，「學醫呢，不是只會把脈開方。需要遍曉世情，能了解七情六欲、諸般瞋苦，才能當好一個醫生。光治療身體是不對的……還需要連心靈一起照顧。你年紀還太小，也怪你不得。

你們這時代的西醫，的確厲害得緊，我也很佩服。但將『人』切割得雞零狗碎，分成無數科別……我就真的不了解了。『人』，五臟六腑、經脈血液，乃至於靈魂情感，都息息相關……切割得這樣細碎，說真話，這樣的病，我不會看。」

被繞得暈的西顧狐疑的看著她，又望望桌上厚厚的醫案。剛剛那個中年女人，給他的印象，就是「枯敗」。不到四十的年紀，卻神氣散盡，非常萎靡，連話都沒說幾句。

為什麼葉子能寫這麼厚的醫案？

「照脈象來看……你怎麼說？」葉子反過來問他。

西顧按著脈象說了一遍，葉子一面糾正他，最後點點頭，「脈象看得還過得去了……所以，你覺得是什麼病？」

「月經失期，長期失眠。應以調經安神為主……但我要說，這真不是什麼大毛病。現代人壓力大……」

葉子笑著點點頭，又搖搖頭。「你表徵看得不錯，內徵卻沒看準。你覺得，她看起來像想活的樣子嗎？」

西顧噎住了。他想到對那女人的第一印象：枯敗。

「她來看病，只是不想給別人帶來麻煩。」葉子語氣淡淡，「不想活，卻得活。同樣的，我旁敲側擊，發現她的真正病徵是，想愛，卻又沒得愛。

『渴愛』，就是一種絕症。」

西顧滿臉迷惑。這些對他這個稚嫩、剛獲得自由的少年來說，實在太複雜又太遙遠。

「西顧，我知道現在你還不能懂。」葉子溫柔的說，「但你先記在心裡，將來遭遇時才不會太痛苦。『愛』這個字，是『炙』字頭，下面堆的是一堆柴。上下焦煎心，是為『愛』。

像這個病例，就是自覺蒼老，不該想也不該有，事實上也被淘汰出所謂的『戀愛市場』。但她沒辦法阻止本能，甚至不敢承認有這種需求……人，尤其是女人，一旦淪落到『愛別離、求不得』，就會百病叢生……這是絕症。」

課外讀物填鴨得夠多的西顧恍然，「……這是精神官能症嘛。的確，不容易治癒……」

「你會怎麼治呢？」葉子饒有興味的看著他。西顧跟她學醫半年了，坦白說，他的聰明在這方面發揮得很好……比他的課業更好。

西顧翻了整本醫案，認真想了很久，第二天才給葉子藥方和療程。

這孩子居然先從失眠健胃治起，「吃得下、睡得著，什麼難關過不去？」他很認真的說，「先培養體力才有力氣傷春悲秋嘛，不然先枯死了，連傷感都沒處去。」

葉子笑了很久，卻意外的按照他稚嫩的醫方去治療。西顧表示驚訝，但病人的確漸漸好轉。

「……為什麼啊？」藥方雖然是他開的，但他更迷惘了。

「你基本思路是對的，」葉子表揚，「人的欲望有很多很多，但最基本的是睡眠和飲食。這兩樣齊全了，就有基礎。其他的……你沒發現，我看病時話特別多嗎？」

多。

西顧點點頭。他就不懂了，對待這些枯敗的中年婦女，向來沉默的葉子話特別

「她感覺到我的關心。」葉子淡淡的悲憫，「『愛』獨專而有腐蝕性，但『情』的種類卻很多，當中最有益的是『關心』。想要從『愛』這種絕症痊癒，最終都要轉成『情』。關心、親情、友情、溫暖、興趣……醫者不是只有開藥方，而是給一種支持，病家有了支持，就能夠痊癒……只要她想治好自己。如果她不想治好自己……『藥醫不死人』。一心想死的是沒有藥醫的……」

看著西顧低頭思索默誦，葉子撐頤看他。其實，還有生理需要這個尷尬問題，許多毛病都是因為陰陽不調。但是「生理需求」是可以馴服的……這就不用這麼早跟他說了。

「『愛』，真的那麼糟糕？」西顧抬頭，滿臉的擔心。

「也不是，」葉子安慰他，「就跟發麻疹一樣。通常經過激烈的出痘，西醫不是說會出現抗體麼？抗體通常是『情』。所謂的相愛一生，其實只是轉成親情和友情的相乘。沒有人可以發一輩子麻疹的。」

西顧點點頭，雖然似懂非懂。但作為一個很愛面子的青少年，當然不能說不懂。三千年就在追不平了，解說得這樣明白還不懂……太丟臉。

雖然他真的不太懂。

上了高二，西顧被邀進籃球校隊。

但是他遲疑了很久，一直模稜兩可，沒給人個準信。葉子這樣的人精，當然早早就發現他的異狀，但是怎麼問西顧都不講，害她都跟著焦躁狐疑起來，甚至盤算到最壞的情形。

比方說，殺了不該殺的人，或者殺了不該殺的異類……誰知道是妖是魔，該怎麼處理。

殺了人雖然不應該，但西顧應該不會無緣無故殺人，還能夠補救；萬一殺了不該殺的妖或魔，事情就大了。

終於，她沉不住氣，嚴厲的盤問了西顧，好不容易，這個彆扭的少年才吞吞吐吐的說了校隊的事情。

葉子的心終於好好的放回肚子裡。

「校隊？這有什麼不好講的？」葉子很不理解，「你就去啊，不是很愛打籃球？」她給西顧的零用錢其實不多，但這孩子省吃儉用的買了套漫畫《灌籃高手》，還硬在他們院子裡弄了個籃球架，沒事表演一下灌籃。

西顧又遲疑了好大一會兒，才半吞不吐的表示，校隊早上要集訓，放學後要練習，沒辦法和葉子一起上下學，也沒辦法幫她炮製藥材了。

葉子這才恍然，「……你傻啊？這算什麼事兒……原本光我們倆弄這些真的太辛苦，我現在能操弄一些術了，使幾個紙人兒扛粗活還行的……」

「不要役神！」西顧突然發脾氣，「我不去什麼鬼校隊……不要役神！」

這下輪迴三千的人精葉子都傻眼了。但西顧又不肯解釋，只是拚命的盧。

「……那不是役神。」葉子只好跟他解釋，「比較類似『撒豆成兵』，沒有靈魂，只是『術』的表現。不過我現在體質還不太上得來，所以役使的數量比較少……十個以內吧……頂多也只能幹幹粗活兒，別想他們能耍兵器鬥法寶。」

西顧啞然。他面對葉子時，常常唯有無言可表示。

低頭一會兒，西顧勉強開口，「上下學的途中……誰保護妳？」

「西顧！」葉子失笑，「我親恩已盡，經脈通了，可以修煉。『法』是還不行，『術』倒還有幾招。殺敵千萬是辦不到，自保絕對沒問題……」

雖然葉子保證了，但西顧卻被激怒得更厲害，更盧得跟驢子一樣。

到最後還是蕙質蘭心的葉子弄懂了……這孩子怕弄沒了工作，對葉子沒有用處了。她真的啼笑皆非，還湧起一股感傷和憐愛。

「西顧，在我的故鄉，君臣不是講講而已。」她笑著摸了摸西顧的頭。上了高中，這孩子猛竄了個頭，要摸他的頭得踮腳尖了，「事實上，你這樣是不信我，我是該生氣的。你要記住，你自在我才能自在，你好我才能好。

小心翼翼、刻意討好，拚命證明自己的價值……這是對我見外呢。以前是沒辦法，我親恩未了，最簡單的術時間短暫，還得大量的金錢開道，極需你的保護……現在不同啦。君臣不是綁在一塊兒才叫君臣。就算我們相隔千萬里……依舊是君臣。何況只是不同行？」

也不知道他聽懂了沒有，但他羞赧又彆扭的去參加了校隊，還再三叮嚀葉子有事要打手機給他，最重要的是……絕對不要有役神。

你說這小孩子的獨占欲是怎麼回事呢……？葉子真是哭笑不得。

「好啦，我知道了。」葉子揮了揮手。

所以他們不像以前那般形影不離。西顧早起去上學時，葉子正在指揮那些紙人兒幫她炮製藥材。葉子放學回家的時候，西顧還留校打籃球。再加上分班，只有在家的時候才有時間相處了。

葉子很淡然，但西顧有一陣子非常不習慣，明顯的很掙扎。他打前鋒打得很好，他喜歡在籃球場上揮灑汗水，他享受隊友們的友善和讚賞，從來沒想過，他還有過團體生活的一天……

可他也很恐懼。覺得葉子太淡然、太無所謂了。而且，傍晚放學，他在籃球場瞥見葉子回家的孤獨背影，又有很深重的罪惡感和惶恐。

葉子只是很現代感的給了他三個字：「神經病。」然後啼笑皆非的每天放學先去看一會兒他打籃球——真的只有一會兒，不到十分鐘——然後揮手道別，告知他今晚吃什麼。

這個很好打發的彆扭少年就這樣被安撫，寧定了。

在葉子看來，這是必然的歷程。西顧會長大，會有自己的生活圈，就像她活在這個時代久了，也會有自己的生活一般。她一直覺得，人際關係還是「遊牧」的好，別精耕細種搞精緻農業。

不能忍受別離的人，那是對自己不夠自信，也不夠相信對方。她已經用很多世學到了慘痛的教訓。

「情」和「愛」不同，無毒、中平、滋養靈魂心脯，但不堪再三折磨損毀。親情、友情，哪怕是君臣之情，都是如此。

在她唯一生過的孩子身上，就知道要採「遊牧」的對待方式，歷世役神如此，西顧，更不例外。

看起來，她的「遊牧」很成功。西顧每天回家都非常開心，大老遠就嚷著餓，衝進廚房幫忙（或妨礙）葉子，吃起飯來稀哩嘩啦，胃口好得不得了……情緒既佳，吃得下睡得沉，給他吃的藥方更起作用，越發能壓抑饕餮影的餘毒，也很久不再意圖食鬼。

果然「遊牧」也適合西顧，更沒讓西顧因為這緣故而偏離到誤以為「愛」而被害，葉子表示非常欣慰。

但是，在別人眼底，就是他們倆相互冷淡多了，看似有可趁之機。

只被趁虛而入的居然不是成績佳、個性酷又會打籃球的西顧，而是不顯眼的葉子。對象還是個……女生。

西顧很晚才知道，瞬間暴跳如雷，打算讓那不長眼、膽敢對葉子告白的女生血濺五步，是葉子極力才勸住了。

只是這起「意外」，連葉子都只能表示無奈了。

這位勇敢而品味不同的女同學，姓沈，名慧意。跟葉子相同，都是校刊社的。

學校規定每個人都得參加社團，高三也不例外。可葉子只交作品，很少在社團出現，那時候沈慧意就常抓住少少的幾次機會和她交談。

葉子嘛，大家都知道，她的心態就是人間過客，所以沈同學找她說話，她就靜靜的聽，雖然偶爾有感，但人不犯我、我不犯人，她也是笑笑就過去。

其實沈慧意長得很可愛，宛如洋娃娃般粉嫩精緻，又剪了個妹妹頭。就是個子高了些壯了些，目測起碼破一百七……但依舊是個富麗堂皇的美麗洋娃娃。

個性很豪邁……當然在葉子的眼中是很好笑的。這樣的碩美麗人卻故做兄弟樣，那股流裡流氣學得三像四不像，讓真正和一個不良少年相伴多年的葉子不禁莞爾。

但這和她沒什麼關係……本來。

原本葉子在校刊社就是神龍見首不見尾，要逮到她實在很困難。這讓她和沈同學相遇的次數很少……但是高二分班時，她就和沈同學同班了。

一開始，沈同學還表現得很正常，只是不管幹什麼，分組也好，佈置教室、運動會也好，都喜歡跟她一起。甚至連要去上洗手間，都不忘相邀。還跟負責安排座位的班長央求，成了葉子的同桌。

這些都可以理解……高中女生嘛，小圈圈成群結黨的很正常……正常到去籃球場尖叫都要邀伴了，還能喜歡同一個，甚至分享偷拍照和所有的「聽說」。

在她看來不可思議，但這時代風俗習慣如此，她多少也得適應……只是她不會主動去幹這麼蠢的事而已。

直到西顧正式加入籃球校隊，那群女生尖叫得更歡，把西顧納入尖叫對象……然後就沒有了。畢竟下了籃球場的西顧，臉上的霜可以刮一層下來，渾身散發著生人勿近的冷氣。只有那些神經比大腿粗的男生敢跟他勾肩搭背，說說笑笑，纖細而本能強烈的女生不幹這種可能危害性命的事。

籃球場上，尖叫就好。其他的……反正有他那個很文藝很不起眼的女朋友去承受就可以了。

但沈同學的表現就開始不太正常。

照葉子的話來說，就是沈同學把人際關係（和葉子）一整個精緻農業化，恨不得能檢查全身所有毛孔……最好包含腦細胞。

然後像是她的影子，走到哪跟到哪。跟她戴一樣的眼鏡……雖然沈同學沒有近視。學她紅塵過客的文風……雖然沈同學文如其人，富麗文藻才適合。

沈同學其實很博學——就這時代這個年紀而言——常常抓著她高談闊論，剛好葉子大半都懂（只是懂的層次有別……葉子算是宗師級的，沈同學應該是幼幼班快畢業），偶爾談興起了，也會心不在焉的半敷衍半教育，能多說幾個字。

沒想到就是「多說幾個字」壞事了。

沈同學在高一時就讓她那種淡漠離世卻又沉穩逸喜的文風吸引住了。之後和她談了幾次天，欣喜若狂，更確定這是她今生的靈魂伴侶。

但還不知道榮膺別人預定靈魂伴侶的葉子，卻和一個滿身臭汗、獐頭鼠目的臭男生雙雙對對，讓她悲憤不已。

高二跟葉子同班，讓沈同學喜得夜不成寐，帶著兩個黑眼圈出門。但是看到她就坐在左手邊，又覺得幸福得心底狂冒泡泡。

所以說，男生跟女生的審美觀有相當的差異性，又被各自的時尚導向迷宮狀態的歧途。在男生眼底不顯眼、很容易虛線化的葉子，卻在女生眼中，她的清秀就像是單瓣山茶，素面淡香，若有似無，是很瘦弱、很惹人憐愛的。

又是那麼的有才氣，已經得過好幾個校內校外的文學獎了！連聯合文學獎她都得了個佳作……

往往沈同學才說了開頭，葉子就能拉出無數資料補充到極度完美的結尾。沈慧意對她真是五體投地，愛意與日加深。

讓她狂喜又感傷心疼的是，美好的葉子慕，「子慕予兮善窈窕」的葉子，似乎被她男朋友拋棄了，跑去追一個小皮球，還跟一大堆臭男生搶！說多蠢就有多蠢！

沒關係，葉子。妳還有我。

沈同學默默的想，更把陪伴的力道加到破表……並在葉子生日那天，送了一枝紅玫瑰，並且在學校被剪得七零八落的柳樹底下，向她告白。

葉子很為難，挺為難。她除了看書就是看網路，很多卡漫梗和鄉民梗都運用自如，當然也在同學大力推薦下看過ＢＬ和ＧＬ。

但這個見多識廣足有三千年知識儲量的葛國帝女，現在正困難的比對古今斷袖和對食的特殊風俗習慣。

嗯，無論古今，對她來說，還是比較相信陰陽融合如太極魚圖。而且這種非常規的社會風俗，她是可以拒絕的。

她自認為拒絕得非常委婉有技巧，並且完全符合這個時代……「我有男朋友了。」

既然大家都這麼說，西顧你就出來當個擋箭牌吧！頂多晚上我燉豬腳補償你……

但是沈同學實在太剽悍，在偏僻校園角落，狗啃似的楊柳下，強吻了她。

葉子皺起眉，正想要怎樣拿輕力道好好教訓這個不懂尊重的小屁孩時……早跑得一股煙，異常敏捷的爬牆逃出學校了。

……話說，是被吻的人逃比較多吧？妳逃什麼逃，還哭得梨花帶淚。

原本這位置偏僻又遼闊，應該沒人目睹這麼囧的「百合」事件……

可她真是大錯特錯。她忘了還有一個目擊者……傷心欲絕的沈同學需要傾訴，告訴另一個朋友。於是這個朋友告訴下個同學，並且叮嚀不要說出去……

第二天，就已經傳遍全校，居然沒怎麼失真……畢竟苦主現身說法，必要的時候還親自除錯修正。

西顧知道的時候還算是晚的了……誰也沒膽在他面前說，「蘇西顧，你女朋友被個女生強吻，搞不好快被搶走了……」

這話多毀人！即使是白目高中生也幹不出來的！

所以，西顧是扛整筐籃球送回校隊辦公室，聽見幾個學弟竊竊私語，還在爭「百合」和「玫瑰」哪個才算正統的GL……

於是，燃點很低的不良少年蘇西顧爆炸了。幸好沈同學因為愛情受挫，一放學就頹喪的回家，剛好跟西顧錯過，才沒發生什麼校園慘案。

這也是為什麼回到家西顧會邊吼邊跳，發誓要將沈同學大卸八塊的主因。

葉子當然不會讓他這麼做。只是要勸住這頭蠻牛，的確很傷力氣……光拉住他不去找班長要通訊錄，就已經快讓她的手臂脫臼。

平常伙食太好？她開始考慮，是不是把伙食費縮減一點，並且在她的藥方添上幾味降火寧神的中藥……或者，她該去找找誰能教她打針，鎮定劑不知道藥房賣不賣……

雖然葉子真找到人教她打針，她還真學得很快……那是一個醫學系的學生，有少年糖尿病的困擾，讓家人帶來治的……當然這不是重點。

聰敏的葉子在醫學系學生的教導下，只試了兩次就能正確的找到血管和如何打肌肉針。當然，這也不是重點。

最主要的是，藥房不賣鎮定劑，醫學系學生死也不肯幫她偷渡。

當然，她也知道緩不濟急，只是總該為未來做準備……再說藝多不壓身。

因為西顧暴怒了一整個禮拜，還衝去她班上意圖認出是哪個不長眼的女生，被她罵回去了。

青少年真是一種麻煩的生物。

最後葉子只好拐他，「西顧，你知不知道什麼是『物極必反』？你太在意這件事情，激到我反其道而行……結果我反而憐憫沈同學、甚至為她上下焦煎心……你想看到這樣的事情嗎？」

西顧蹦得老高，完全沒枉費他這麼認真打籃球。

「所以囉，」葉子不為所動，「我既然拒絕，不當回事兒，你就不要掐著不放。我自在了，你還不自在……那是我們君臣離心了。」

西顧再次證明他是個很好打發的青少年，又激又順毛的，馬上服服貼貼。

「咱們才是同心的。」他很用力的強調。

「那是自然。」葉子繼續順毛，「心君心臣是很希罕、很少有的關係。我三千年內跟人成過親生過孩子，可沒跟誰結過君臣。」

彆扭的青少年瞬間眉開眼笑，心滿意足的放下這件事情，就算後來真的認出沈慧意是哪一個、即使和葉子並肩走著，他也只是馬虎的瞥過一眼，就置之不理了。

葉子暗暗的抹了抹汗，青少年真不容易對付。其實，她還是覺得，乾脆一針鎮靜劑下去效果既快又顯著，不用費力氣又哄又順毛的。

當然，我們知道事實不是這樣。葉子實在把西醫想得太神奇了。

好不容易哄好了西顧，沈同學卻又不安生了。

在一、兩個禮拜的沮喪之後，她又振作起來，準備用蠶食的方法，獲得葉子的愛情。她也看出來了，只要別過激，葉子對什麼都是一副無所謂的樣子……包括流言。

那就讓流言來得更猛烈吧！謊話說一千遍也會變成真的不是？

於是沈同學勇氣十足的和以前一樣跟前跟後，拿說情道愛的古詩詞和葉子討論，在眾目睽睽之下，曖昧十足的幫她將散落的頭髮掖到耳朵後面……或者若無其事的偷牽她的手、摸她的頭髮……

甚至把自己的家庭生活說得淒風苦雨、動員戡亂，非常可憐，意圖博取葉子的同情。

可惜這些招數一一被人精葉子若無其事的破解。隨著她的經脈已通，她體質提升了些，也開始練武健身。說要以一當百太誇張了，但避開一個高中女生的肢體碰觸與騷擾，那又太簡單了。

至於父母偶有體罰，兄弟姊妹不相親……這種「家庭不幸」，和她與西顧比起來，真的太小兒科了。

她知道沈同學言多不實、屢屢誇大，但也沒想戳破。葉子性情淡漠，卻和西顧所言相彷彿，對人類都留著一絲淡淡的溫情。

現在的孩子普遍晚婚（和她曾生活過的時代比起來），青春期的心理與生理躁動沒辦法得到紓解，又有沉重的功課壓力……雖然就她來看，能吃飽穿暖，除了讀書幾乎無憂，已經是天堂般的生活——照她過往的生活經驗而言。

但是就是太無憂，太閒了，又不是每個人都對讀書有興趣，甚至沒有讀書以外的出路……於是這些苦悶又毫無生活目標的少年少女，只好把精力放在最被歌頌的繁衍——對不起，是愛情——上面。

這時代，很詭異的把愛情提升到一個聖潔無比的高度，好像真正的愛情可以拯救世界……而這時代的資訊實在太爆炸了，書本以外，有太多管道學習博覽……譬如電視。

這些被浸潤遍了愛情之偉大崇高神聖不可侵犯的電視兒童，長大起來，在結晶化極度嚴重的學校和社會裡，成了極度追求上下焦煎心的渴愛者。

求不得，苦。求得了，更苦……因為跟電視等次文化教育的「愛」完全不一樣。

這是怎樣一個奇怪的時代，和一群被次文化教育得更奇怪的孩子們。

反而那些宅男腐女獲得她深刻的表揚。

就她看來，能夠不把愛情當作人生唯一追求目標，轉移注意力到其他方面，已經是這時代的拔尖兒了。

不痴不為人。除了情痴，其他的「痴」和「癖」，都能讓人活得快樂很多。當然，這是她個人的古怪想法，為世（不管是哪世）所不容。

但是葉子實在輪迴太多世了，她強悍的適應力讓她能諒解所有的奇風怪俗，卻保留著對人類淡淡的溫情和憐憫。

所以她才沒有戳破沈同學的種種謊言，甚至有些哀矜的保持適當的距離，盡量不傷害她。

也不得不佩服沈同學。葉子這樣淡漠，西顧沒事下課就利用短短五分鐘衝到葉子教室很刻意的插國旗宣示主權……她都百折不撓，越戰越勇。

日後她自己想起來，都覺得有點糊塗，當年為什麼那樣痴迷和執著。甚至，她也分不清到底是愛上葉子，還是愛上「愛情」本身。

只是她有所感悟的時候，已經傷痕累累、頭破血流。

她後來才知道，「愛情」是蒲公英種子，隨機發芽的。越刻意越求不得。最好的對待方式是順其自然，不是揠苗助長。

不過，那是很久很久以後的事情了。

高二的沈同學，還是堅信「精誠所至，金石為開」。這種態度一直維持到高二的暑假來臨。

即將升上高三的他們，學校不顧學生的牢騷和煩言，開了暑期班。

連葉子都少有的怨言了，「暑假上什麼課真是……我還想趁假期去山裡採些藥草。」

「去什麼手機通訊半格也沒有的深山？」西顧臉色一寒，「去上課！別想賴哈！我知道妳想賴著藉故考不好……不上大學是吧？別以為我管不到妳！妳還小我兩個月！」非常之張牙舞爪。

「……」

學校對待暑期班的態度是嚴厲的。所有的人都要參加，不來上課的要照正常流程請假。

但是，幾乎全勤的沈同學，卻曠課沒有來。一直到開學，她才手腳纏著紗布，回到學校。

她沒有醫生證明，但看她傷得走路一跛一拐、筆都拿不太住，老師也沒跟她多說什麼，只是讓她補辦請假手續。

但是她跟葉子說了一個非常離奇荒唐的「故事」。

她說，她遭遇家暴，被打斷手腳，硬撐著逃去表姊家。但她表姊之前就愛她愛得發瘋，所以被表姊控制了一整個暑假。

表面上看來，葉子充滿同情的點點頭，事實上，她一整個驚訝……這麼傻又漏洞百出的編造，沈同學居然指望她會相信。

並且還希望這樣傻這樣漏洞百出的謊言，能夠跟她勒索感情……這時代果然不簡單。

但也因為，體察到她拙劣謊言下的強烈渴愛和求不得的痛苦，她的態度還是軟和了下來，默默擔起照顧傷患的工作，異常嫻熟的……當初她就是那樣漫不經心的照顧西顧，輪迴三千也曾經那樣漫不經心的順手扶起其他人……沈慧意，不過是當中一個。

明顯的，沈同學非常心滿意足，環著她的肩去洗手間或化學教室。很開心的接受葉子的溫柔和照顧，就算只是指使葉子端茶倒水，她也非常高興，心滿意足。

但就是恐慌傷好了就讓葉子離她而去，所以她「傷」了半個學期，紗布一直不肯拆。用更多更離奇、更荒唐的編造，說她不敢回家，不得不被變態的表姊控制著，爭取葉子的溫柔和憐愛。

葉子態度如故，卻越來越沉默，也讓沈同學的心越吊越高，越來越不安。終於這種不安爆發了，她質問著葉子，「為什麼妳跟蘇西顧在一起？他根本配不上妳！男生都是骯髒惡臭的生物……他特別是！」

葉子有些奇怪的看著她，認真的想了一會兒，「西顧，擁有強烈的自尊。因為自尊，所以他待所有對他好的人都很真誠，從來不說謊，也不勒索情感。」

沈慧意的臉孔越來越蒼白，最後連嘴脣的顏色都褪了許多。

沉重的沉默在蔓延，她幾乎找不到自己的聲音。

「……妳早就知道我沒有表姊？」沈慧意的聲音很枯澀。

「唔，」葉子漫應著，「這我倒是不知道。」

但沈慧意好像沒聽到她說的話，拚命的爆發，「妳早就知道我不是家暴，而是出車禍，對不對？妳早就知道沒有什麼表姊，對不對？妳早就知道我暑期班不想來，所以趁機賴掉……我傷得根本不重，對不對？!」

她一聲比一聲高亢，一聲比一聲尖厲。

「妳希望我相信什麼，我就相信什麼。」葉子溫柔的回答。

但聽在沈慧意的耳裡，卻是那麼冷酷無情。

然後，沈慧意的初愛，就這麼熄滅了。她一分鐘都不肯忍受，跟別的同學調換了位置……離葉子最遠的位置。

因為她們「吵架」的時候，在午休空曠的樓梯間。同學們只知道她們吵架，聽到沈慧意的哭喊，卻聽不清楚內容。

此後，沈慧意一直像是充滿敵意的刺蝟，誰也沒辦法從她口裡得到任何真相，好奇的同學轉向葉子，但葉子用慣有的沉默和微笑，打發了所有人。

但她們從此形同陌路，直到畢業都沒有交集。

唯一知道真相的，只有西顧。但他並沒有欣喜若狂，覺得解決一個大麻煩，反而有哀戚之色。

「西顧？」葉子詫異了。

「我覺得她……也滿可憐的。」他焦躁的耙了耙亂七八糟的頭髮，「我不會說。反正她愛上妳，真的很倒楣。」

「也不見得愛我，」葉子淡淡的，「就是愛上『愛』的感覺。上下焦煎心，實在太毀人了。瞧瞧一個好好的女孩子，被毀得不成樣子。」

西顧張了張嘴，卻什麼也沒說。因為他連自己在想什麼都不太清楚了，又怎麼說明白？只是一種強烈的鬱悶充塞心胸，喘不過氣來。

後來他才想明白，他是在害怕。隱隱的害怕。

他很害怕遭受到沈慧意相同的命運……而他離相同的命運，似乎太近了點。

「……妳說我比她好，就是因為我有自尊？」他低聲的問。

「唔，」葉子笑了笑，「不只如此，只是怕更刺激她。我們是君臣……又不是外人。」

於是單純的彆扭少年再次的被人精葉子呼悠，樂得找不到北，什麼鬱悶都扔到天不吐去了。

西顧，真好打發。葉子默默的想著。

之七 故人

高三，高中生的生死關頭。

高二的暑假一結束，剛升上高三的學生們就漸漸感到一股沉重的壓力，並且與日俱增。

這也是沈同學鬧了那一場之後，沒有得到太多關注的理由——縣中雖然排名在公立高中中段後，但畢竟是公立學校，很注重升學率。當主線任務「聯考」亟需破關的時候，支線任務「八卦」，就顯得不是那麼重要。

頂多茶餘飯後提個兩句，對百合的盛開和凋零作番探討和感嘆，以及「『女朋友被女生追走』比較丟臉」，還是「『男朋友被男生掰彎』比較沒面子」進行嚴肅的比對，之後該幹嘛幹嘛去，要看的書還很多，誰知道今年聯招會出題會不會發神經。

蟬鳴漸熄，而戰鼓頻傳。高三生的生涯就是「焚膏繼晷」的動態版。什麼？你不知道「焚膏繼晷」？就是指「燃燒燈燭一直到白天日光出現」啊！趕緊背下來，國文說不定會考這題……

隨著天氣漸漸寒冷，高三生（尤其是升學班）陷入了狂熱狀態，黑板上大大寫著聯考倒數的日子……儘管不過是上學期而已。

當然，也有拒絕聯考的小子和少女，但他們游離在這種氣氛之外，也不是顯得很自在……畢竟人類是從眾的生物。

但明顯的，西顧和葉子實在太不合群了，一點也沒有受影響。

葉子不消說，她那過目不忘的本領讓她每本課本從第一頁可以背到最後一頁，甚至還可以報頁碼……不管懂不懂，是中國字就成。甚至學習英文的速度也不比人家慢……她是唸不出來也能照樣畫葫蘆寫出來的那種，個人表示毫無壓力，混個七十分絕對沒問題……是個火星人等級的高中生。

幸好她一直很低調，同學不知道她這種本領，不然實在太令人羨慕妒恨了。

而且，她還是文組班，數理化沒那麼重要。在整班淒慘落魄的滿江紅中，她依舊一枝獨秀的滿篇及格……為了同學成績太慘烈，她還得低調表現，卷子頂多寫個三分之一。

至於西顧，中醫系好歹也是醫科，屬於第三類組，是所有類別最難考的。他雖然不像葉子那麼火星人，但也算拔尖兒了。背誦是差了些，但是邏輯理解力很強，別的高中生最恨的數理化對他來說跟玩兒一樣，連英文這麼沒有邏輯的螃蟹文在史上最強填鴨家教的葉子教導下，也勉強可以突破及格線，再說，他又不是要考台大醫學系，就是唸長庚中醫系罷了。

他的成績，綽綽有餘了。

「……其實中醫系，大家都推薦中國醫藥學院。」葉子說。

西顧連眼皮都沒抬，繼續算數學講義，「中國醫藥學院在台中。」他終於肯抬頭，「妳肯把回頭堂搬去台中？」

「……沒預算。」

「嗯，就長庚中醫系。」他低頭繼續做數學講義，「妳唸文組，想念長庚哪個系？」

葉子興趣缺缺，「隨便。只要小心點，別考得太好……什麼系都行。」反正她註定蹺課……隨手拿起看到一半的《本草綱目》，看得津津有味。

今天罕有的沒有病家。上了高三以後，葉子的體質上了一大階。費了這麼多年工夫，她終於把這個「超破爛」的體質提升為「破爛」等級，除了打不完一套五禽戲讓她很不滿外，倒是把一年病上兩百天的機率降為五十天上下，也不再輕易發高燒……

而且人只有一條盲腸，她已經割掉了。很可以審慎樂觀的表示：最近幾年內不會有血光之災。

只是她樂觀得太早了些。

這個沒有病家、下著初冬冰寒微雨的夜晚，卻有「人」突破了劍真子和她補強過的護陣，一柄鬼氣凝聚的利刃，幾乎插到她的左眼，是西顧暴出利爪擊落了。

「吁……」雨夜亂髮如蓑的青年，立在門檻上，屋內的光線只照到他胸口以下，看不清楚表情，「婆娑，妳這世養的狗，挺兇啊！」

燃點很低的西顧差點真的汪汪叫起來，恨不得撲上去，卻被葉子使盡全力拽住了胳臂。

她全身緊繃，如臨大敵，「……何必呢？吞聲子，我就壞你一次事兒，更何況……那時你對路人的我起了殺心，不得不然耳。你都修到這程度了，何必幾生幾世都不放我，還追到這個小小島國來。」

吞聲子用食指按著自己的唇，微微一笑。「噯呀，卿卿婆娑，我不是說過麼？這世上找不到比妳更有趣的人了……我們多久沒見了？兩百多年了吧？我可想煞卿卿了……」

「真可惜，我一點都不想念你。」葉子飛快的從藥屜裡掏出雷丸和使君子，作勢要扔過去。

吞聲子輕嘖一聲，腿腳不抬的飄進雨地，「我是討厭，可不是怕那味兒。今日我還急著去報喪，只是路過……婆娑卿卿，改日再來找妳玩兒呵……」遂飄然而去，融入雨夜中。

人去聲漸杳，語氣又媚又纏，偏偏是極好聽的男聲，西顧發現他冒了一身的雞皮疙瘩，重重疊疊。

「妳拉我幹什麼？」西顧甩了甩胳臂，「那種邪物就該滅了他！」

葉子上下打量了西顧一會兒，很憂鬱的嘆了口氣。「十個你捆在一塊兒，都抵不住他一根小指。現在的我呢，一百個一捆，大概可以讓他吹口氣兒……」她更鬱悶了，「他是一隻妖怪。還是很特殊的……那種。

他的本體，是種稀有到不能再稀有的『應聲蟲』。人說一句，他就在肚裡說一句……但是生命週期很短，是種寄生蟲。但這種註定短命的寄生蟲卻修煉成妖……還是千年大妖，已經能看破人心了。」

葉子頹下肩膀，「所以什麼招數都對他沒用，因為他早就能看破你的想法，加以閃躲或反擊。」

「……連妳也沒有辦法?!」西顧大驚。

「有啊。」葉子垂頭喪氣的說，「用明末對待倭寇的辦法……『待賊自去』。等他惡作劇夠了，就會跑去漂泊……直到又想起來回來騷擾……喔，還有一個斬草除根的辦法，起碼可以平安個幾年。」

西顧眼睛一亮，「什麼辦法？」

「再次借屍還魂！」葉子握拳，「這次就算拚著魂飛魄散的危險，我也要飄去西藏……離他遠一點！」

「……沒志氣！妳怎麼盡出這種餿主意！……」燃點很低的西顧再次暴跳，胡喊胡叫了一通。

只是沒多久，西顧就知道，葉子不是沒志氣，而是……吞聲子太消磨人的志氣了。

等西顧在白天見到吞聲子的時候，大為驚嘆。沒想到寄生蟲所修煉的妖怪，這麼視覺系這麼頹美。

蓬鬆雜亂又性格的蓑狀長髮，襯著絕美略顯哀頹的容顏……簡直像是少年漫畫走出來的主要男配角……就是開始跟男主角敵對，後來成為死黨，最後給主角墊背那種。

呃，譬如頹美版的藏馬（幽遊白書）之類。

但西顧發誓，他只是心裡想想，絕對沒有吐出半個字。但是吞聲子的臉色變得鐵青，冷冰冰的說，「你才從漫畫走出來……活像七龍珠人物！」

「噢，」西顧驚嘆了，「原來幽遊白書和七龍珠你都看過呀？我以為妖怪不看漫畫。」

他跟鬼魂比較常接觸，妖怪就少很多，而且通常是雜魚級的。當然，他跟妖魔鬼怪最親密的接觸就是……吃。

其他真的不太熟。

結果西顧雖然驟出利爪，卻來不及擋住，臉頰噴了道小小的血泉……讓他周圍的同學驚叫起來。

他們都看不見吞聲子，只見西顧自言自語了半天，就突然臉頰噴血了。校隊的哥兒們趕緊過來關心，還有人搶著說，「鐮鼬！一定是鐮鼬啦！」

「笨蛋！被鐮鼬割過不會流血啦，只有傷口而已，鐮鼬是三隻一組的……」

「白癡啊你們！鐮鼬是日本妖怪，怎麼會偷渡來台灣？檢疫不會通過的！」

「妖怪需要檢疫嗎？……」

於是沒有人幫西顧止血，大家開始離題八百里的爭論妖怪檢疫問題。他自己拿出手帕，按住傷口，戒備的看著笑得滿地亂滾的吞聲子。

他有一點點明白葉子對吞聲子的驚恐了。

一般來說，妖魔鬼怪都不會在大太陽下出現……最少也得有涼蔭。甚至，妖魔鬼怪有個潛規則，不在眾人面前出現與人交談……或說交流有點困難。只有最靈媒體質的人類才能如常溝通，而他只是被饕餮侵襲過影子，跟異類最多的交流就是……吃掉。

至於葉子……請忘記她吧。她是個火星人般的存在，什麼都不奇怪。

「哦～」吞聲子哦得百轉千迴，似笑非笑的，「想試吃看看嗎？」他舔了舔手指上的血，「饕餮影啊……但是越來越淡了唷。總有一天，你會變成凡人……」他嘲諷的微揚下巴，「到時候，你對婆娑就沒用了。就算婆娑還要你……但一條累贅的哈巴狗能厚顏巴著她嗎？」

西顧的臉色發青了。他內心最深的恐懼被挖掘出來。

但是校隊哥兒們被他嚇個半死，問他又不講話，於是他們終於捨得扔下妖怪檢疫問題，把一言不發的西顧抬去保健室了。

吞聲子沒有跟上來，只是笑吟吟的看著西顧失魂落魄的表情，很享受似的消失在陽光中。

西顧在保健室躺了一節課，想了很多。伸手看著自己越來越柔細的利爪。他知道為了饕餮影的餘毒，葉子費盡苦心，甚至搞來一家中藥房……最主要是為了他。

相處這麼多年了，平常怎麼大剌剌的對葉子管頭管尾，連上哪所大學都要管……甚至他還有群鐵哥兒們一起打籃球、一起唸書，享受著一般少年該有的校園生活……但在內心深處，他還是那個徬徨害怕又孤獨絕望的小小少年。

葉子總是告訴他，不用那麼小心翼翼。但是她怎麼能明白，當某人只能徹底、完全的相信一個人，並且附上所有的信賴和溫暖，會多麼害怕失去。

名義上，他有父母兄姊。但事實上，他只有葉子。

別人擁有的，很多很多。他握在掌心的，卻只有一個借屍還魂三千年的婆娑。

他偷偷查過「婆娑」，意思是「堪忍」。葉子告訴他，這名字是她師傅取的，是從佛語音譯過來的。

堪忍。是葉子的師傅對她的期待，還是她本身就認為一切都「堪忍」？包括我嗎？

西顧僵硬了起來，對越來越細軟的尖爪緩緩的湧起暴怒。不是，我才不是葉子「堪忍」的一部分。我對她有用，我是有用的人。

我會，抓滅吃掉所有想危害她的妖魔鬼怪……就算是千年大妖吞聲子。

當那天晚上，西顧非常魯小的不肯喝藥湯，暴躁尖銳的像個刺蝟，葉子忍不住嘆了很長很長一口氣。

該死的，吞聲子一定去玩兒過西顧了。所以她才這麼忌憚那隻應聲蟲妖。總是總是，可以找到她的弱點，朝最怕痛的地方惡狠狠的踹過來。

「你不喝就活不過三十！就算活過三十也是眾病纏身！」葉子終於失去耐性了。

「我不要活過三十！」西顧乖戾的回答，「活那麼長幹什麼？」

「你……」葉子氣得語塞。對個十五、六的孩子來說，三十歲是很久很久以後的事情……久到像是永遠不會來臨。她就聽過幾個女同學背後對剛滿三十的老師說，「那個老太婆」。

這些少年少女不了解，光陰如梭如箭，飛快而逝，只是一眨眼就會到的事情。她連三千歲月都覺得過得極快，何況十幾年。

她和西顧痛痛快快的吵了一架，規模是有史以來最嚴重的一次。以前葉子都肯讓一步，西顧有時專蠻，卻頗有尺寸，不會真的惹毛葉子……

但這次，葉子真的被惹毛了，西顧卻完全不講理，死活都不肯解釋，只是拚命魯小，嚷著他不要活那麼久。

直到葉子對他吼了，「但我不要那麼早就失去我的心臣！」

西顧安靜了。惡狠狠的將頭一別，葉子只看到他側臉閃爍過的淚光。這個時候，滾燙的藥湯已經完全涼透了。

「……我會變成凡人。然後對妳完全沒有用……」他哽咽的喊，「我不能這樣！」

葉子深深吸了口氣，將胸口所有的怒氣都壓下來。跟個十五、六驢子似的少年發脾氣是很蠢的事情。

「吞聲子對你連言靈都沒有用，你就這麼好蠱惑？」葉子真快氣死，白教這麼久！「凡人怎麼了？我原本也是凡人……現在也還是！若是你願意，什麼樣的法和術我不能教？」她看著西顧臉上貼的紗布，勉強忍住揍得他滿臉開花的衝動，「我說過一萬次有了！跟你結君臣不是因為你有沒有用！」

毫無徵兆的，這個很酷很冷的前不良少年，突然放聲大哭，把葉子嚇了一大跳。就像他父母遺棄他的時候一樣，撲在葉子的膝蓋上大放悲聲。

葉子的怒氣終於消散了。有些頭疼有些難過的想，這孩子，心中還是有個不肯收口的傷痕，湯湯水水的，流著膿和血。

她一直很小心的看護西顧的傷口，好不容易乾燥些，開始結疤，該死的吞聲子又扯裂了痂。

哄著西顧，喝下重新熱過的藥湯。看著他睡熟，她才起身關燈離開。

吞聲子真的把她惹火了。

她認識吞聲子算滿久了……那時他還沒成妖，只是快了。

身為應聲蟲的吞聲子能夠活到足以成妖，就是因為他寄生在一隻「泣喪」的身上。那也是一種妖怪，又稱「花煞」、「新娘煞」……總之有很多別名。

以前的人會說「撞客」、「撞煞」，通常是讓泣喪給碰上了。這種奇怪的妖怪特別喜歡喪喜，喪事去泣吊，喜事去惑亂，所以古人結婚有一大堆禁忌和禮俗，就是要防泣喪光顧。

但是那世的她看到的這隻泣喪，卻是個瘋的。他每吼一句話，肚子裡就傳來同樣一句話。如果是人類，早折磨死了，妖怪命韌，反而被折磨到發瘋了……就算腹大如鼓，已經快被寄生的應聲蟲吃盡。

雖然她對泣喪沒有好感，但也覺得這樣著實令人不忍。

真可憐。她想。妖怪和人類的用藥不同，不然用服雷丸和使君子就能治好了。但當時的她，才剛了結親恩不久，體質恰恰抵達及格線，初初築基而已，對這隻發瘋的泣喪毫無辦法。

但是那隻幾乎被應聲蟲吃盡的泣喪，卻瘋狂的朝她撲了過來。是她的侍神差點把命拚掉了才把她救出，連她都受了不輕的傷。

原本她以為這只是個插曲，無盡歲月裡的一樁意外和偶遇。她怎麼也沒想到，終於吃盡泣喪，破腹而出並且成妖的應聲蟲，會找到她，並且開始戲耍她……特別是她重傷還在休養的侍神。

不知道為什麼，這隻自號吞聲子的應聲蟲妖，繼承了前宿主的某些習性，依舊喜歡禍亂喜喪，卻更喜歡看她向來平靜的面容露出大怒或大悲的神情。

和婆娑不同的是，她對人類懷著淡淡惆悵的溫情，但吞聲子卻對人命非常不在乎，並且殘酷至極。他對血食人類沒有興趣，卻特別喜歡啃噬人類的正面的情感……尤其是婆娑溫情以待的人類。

被吞聲子尾隨，不但她的侍神飽受傷害，連跟她偶然相遇的人類也被禍害發狂而死。她漸漸成了一個走到哪就散播災難到哪的瘟神。或許別人不知道，但她自己忍受不了。

最後她和吞聲子交手，卻屢戰屢敗。最後傷重到幾乎散功解體，全靠侍神的照顧……可是吞聲子變本加厲的騷擾混亂她的侍神……

那是一個清秀的書生人魂，跟她打十年契約而已。結果被捉弄她的吞聲子折騰得恐怕轉生無望。

最終她還是不得不把此生所有福報和積攢下來的一點修為都給了侍神得以輪迴，在侍神的眼淚中死遁。

一千年，她轉世十來次，就和吞聲子交手了五世。當中有四世不得不死遁脫逃。唯一值得慶幸的是，她與魏紫結縭生兒育女遠在吞聲子之前，不然她不知道會不會真的心碎……

吞聲子越來越厲害，越來越惡劣。但這一千年她卻無尺寸之功……上一世很有機會，卻讓一雷砸死，連魂魄都半殘了……

她的心情，很糟糕，非常糟糕。

因為之前可以毅然死遁，現在……現在西顧還很需要她。若是她不管西顧了，他絕對活不過三十歲。

不該這樣的。飽受催折痛苦的少年，不該是這樣命促的結局。

原本她還遲疑，直到西顧送醫急救，全身見不到一吋好皮肉，像是被千百隻野貓抓撓過……是，都是皮肉傷，會好的。失血過度，西醫那麼神奇，也救得回來。

但這只是第一次，不會是最後一次。

她趕去醫院，西顧沒有喊痛，只是黯然的對她說，「對不起……我吃不了他。」

「……笨蛋。」葉子的眼淚奪眶而出。

西顧的傷痕很多，有的要縫，有的要上藥。折騰了很久，西顧哼都沒哼，只是臉色蒼白若雪。

等他因為止痛針昏昏睡去，葉子下定決心，跟護理站要了張白紙，咬破指尖，寫了封血書，摺成紙鶴。才剛成形，紙鶴就撲啦撲啦的拍翅膀，然後飛了出去。

六人病房的某個家屬好奇的抬頭，看到的只是一隻紅白相間的「鳥」飛出窗外。

「哇，這是什麼鳥？誰帶進來的？」四下張望，卻沒再看到那隻美麗的鳥。

其實，葉子也沒有把握，是否有人能收到信。這是一種羈絆型的術，和她曾有善緣、能力高些的就能收到。算是滿簡單的，沾上一點附著血的魂魄就行……是眼下的她，為數不多的「術」之一。

但她很不喜歡這方法。

她一直覺得，當世事，當世畢。再次借屍還魂，前世就該了結，不要再去打擾。她不喜歡麻煩別人……眾世侍神們付出他們的保護，而她還以助回輪迴，誰也不欠誰。

連最掛心牽絆的魏紫和一對兒女，她都沒再找過他們的轉世。緣分完滿已盡。

可她現在，卻不得不尋求幫助，不得不破壞自己守了三千年的原則。

應該忍，卻忍受不了。

但與她有善緣者，卻來得比她想像中的還快。淡淡的香氣若有似無的充塞暮氣沉沉的病房。她瞠目看著眼前這個面目不出眾，氣質卻極為出眾的青年。

他淡淡的微笑，容貌雖異，卻跟他幾百年前的笑是相同的。略略的哀傷，微微的疏離。

「……使君子！」葉子驚訝，「你……你不是選擇轉世為人麼……？」

「是呀。」使君子很溫和的回答，「但孟婆太忙，等著喝湯的魂太多……她隨手舀過來的，只剩一小口。」他笑得深些，「本來能來得更快……只是我打發了不少前輩後進，才搶到唯一的名額。婆婆，妳太見外了，發信給我就好了，還發群組。」

「……」

婆婆讓吞聲子找到卻沒死遁的那一世，就是使君子在她身邊。

事實上，使君子就真的是藥用植物「使君子」。雖然已經修煉成妖，但「神仙打架、小鬼遭殃」，兩個修道者爭鬥得太激烈，波及破損到他的本體，已經連根都被挖出來，枝葉全枯萎敗落，他的金丹也被打散，只剩下一縷花魂。

那世的婆婆還沒被吞聲子找到，親恩也還未償還。跟隨母親去進香時看見他，覺得他實在太冤，徵得他的同意，最後趁著上香之便，用大量金錢開道，折了一截還有生氣的枝條，種回自己家，將他收為役神。

但婆娑取名子實在很沒創意，直接指身為姓名，姓史名君，只還是使君子、使君子的叫……讓他常常表示無奈。

滿山遍野都長滿使君子，妳是叫哪個？

「但我這樣喊的時候，只有你會回答我。那就是獨一無二的使君子了，不是嗎？」

好吧，使君子真的讓她呼悠過去，默默接受這個過分大眾的名字。

在那世，為了了結親恩，她出嫁，也把一直都是可憐小株盆栽的使君子本體陪嫁過去，直到了了結夫婦恩情，也同樣把他的本體帶出來。

後來吞聲子找到了她，那時已經有五百多年修為的吞聲子卻很忌憚這個天敵……即使只剩一縷花魂。那世使君子把自己唯一結出來珍貴的籽，使巧計讓吞聲子吃了下去……

可憐的寄生蟲妖，吃了專打蟲的使君子精華，從此鬧了百來年的肚子，沒時間來找婆娑的麻煩。

使君子卻因此元氣大損，婆娑和他簽了五次十年之約，只讓他魂體結實些，依舊是花鬼，沒恢復成花妖。

「……這樣下去不行。」知道此世修行限於資質，大約還是無望的婆娑對著使君子說，「花鬼依舊會消散，你的本體實在受損太深……」她有些歉意，「終究是我拖累你。」

「說胡話。」本性淡漠的植物花鬼微嗤，「不是妳扶我一把，我早已消散。咱們誰也沒欠誰。」

婆娑心底微動。藥材系的植物妖七情六欲極淡然，並因本身能濟世而福報深厚，修煉一直都是比較容易的。而且她算了算這一世的福報，若累加在使君子身上，可以助他乾脆的轉世為人。

花魂打底的人類，只要資質不要太差，應該都能成才。

使君子只考慮了一會兒，就接受她的建議。其實這是條比較好走的路……不用再受限於本體。

＊　＊　＊

「就是排隊久了點。」使君子淡淡的說，「排了兩百年才輪到我投胎。」

「啊，我沒算到這個。」葉子輕嘆，「魂口太爆炸了，排這麼久。」

「就是。」使君子感嘆，「我還算排得靠前了呢。不過當人修煉起來真是快……」

葉子啞然，並且感覺非常悲傷。所有修道的方法都是她偷渡銘刻在使君子的花魂裡，結果學生都畢業了，她還在死當面臨退學的狀態。

「我走了以後，妳那世是怎麼死的？」使君子漫問。

「……金丹未成，大限已至。」葉子萬般無奈的回答。

使君子向來平靜無波的面容露出罕有的訝異，「怎麼會？我一世就成了……」

葉子想淚奔，真的非常想。

「妳現在……」使君子上下打量她，「這容器跟玻璃似的，也不像能成。」

大哥，你能不能別老往痛腳踩？葉子沉默的想。

「妳也真是的，為什麼這麼見外呢？」使君子推了推眼鏡，「妳指名找我，就算我喝了足量的孟婆湯，莫非就不管妳？還是妳對我的修煉沒信心？」

「我知道你是一定成的。」葉子悶悶的回答，「但我們契約已盡……」

「妳跟誰的契約沒盡？」使君子漫應，「不是我截得快，血鴿差點兒飛出島。光島內就有不少妳的舊部，個個嗷嗷叫的想來為妳效命……是我攔住了。我知道妳這狷介過頭的個性……」他微偏頭，「唔，幾乎都是成才的，最少也築基多年，拿回以前的記憶……」然後他很有氣質的眼睛流露出對葉子深刻的同情。

……大哥你還能不能踩得更痛一點？葉子咬牙想。

在表達了足夠的同情（或者無意識的嘲笑？），使君子詢問了詳細，點了點頭，「唔，我能拿下他一次，就能拿下他第二次。」

「能行嗎？」葉子擔心了，「你雖然已經初結金丹……但終究不是純粹的花魂了。吞聲子修煉至今，已經……」

垂下眼簾，使君子很淡很淡的笑了。眼鏡鍍過一絲夕陽的餘暉。

「妖怪修煉，千年不足。人身悟道，百年有餘。」他又遲疑的看了一眼葉子，「當然偶爾也有例外。」

……大哥你到底想怎樣?!若不是有三千年歲月的修養打底，葉子當場就翻桌了。

「交給我吧。」他擦了擦眼鏡，斯文的戴上，「妳要死的還是活的？唔，我想，或許可以泡福馬林……給學生看看。」看葉子一臉莫名其妙，他淡笑，「我在台大農藝系當助教。避世修煉不如入世修煉……唔，我多言了。其實這還是妳教我的……」

於是，該死的，這個花魂打底的舊部露出更嚴重的同情，讓葉子幾乎暴走……

幸好他心滿意足的離開了。

……腹黑，這一定是傳說中的毒舌腹黑啊!!葉子淚流滿面的想。

她開始後悔發出群組信了……

* * *

對妖怪來說，百年不過是一瞬間，但對人類來說，百年內可以做的事情太多了。修煉有小成的使君子民國初就渡海來台，因為這個位於亞熱帶、植被茂密的小島對他這樣花魂打底的人類修道者是很舒服的地方。

而他也沒浪費這百年光陰，最少整個台北盆地所有的植物都讓他收服了，尤其是藥用植物群，不管妖化與否，都服膺他的管轄。

所以葉子煩惱的「死遁或不死遁，這是個難題」對他而言，輕而易舉。他甚至謝絕了葉子以身為餌的提議，直接發通告，讓整個台北盆地的植物群為他搜尋吞聲子的蹤影。

讓婆娑頭痛千年之久的吞聲子，一直橫行無阻、恣意妄為的他，頭一回撞上名為「使君子」的鐵板。

畢竟百姓的力量是強大的，百花萬草的力量更是恐怖，最終他被圍堵在一個剛建好的、密閉的水泥房間裡，讓使君子指甲化成的枯藤，硬生生的釘在牆上，發出慘烈的叫聲。

若不是使君子惦念著要把他迷昏泡福馬林，也不會讓只剩半口氣的吞聲子找到機會逃脫，拚著最後的一點力氣，打破了明顯薄弱的門，立刻變化本身，展開雖殘破依舊宛如蜻蜓的翅膀，奮力飛高……直到脫離植物所及的範圍，逃出了這個島。

使君子輕嘖了一聲。可惜了，植物不能飲鹹水，他跟紅樹林、海草類又沒有交情。白白走脫了這麼珍貴的收藏品啊……雖然已轉世為人，但花魂打底的魂魄終究保留了若干陸生植物的習性和特徵。

他跟葉子回報，「沒逮到他，將養個三、五百年就能恢復了……」他頓了一下，不太放心的問，「三、五百年……妳能成嗎？」

葉子面無表情，但內心已經淚崩了。

後來葉子還是收到了吞聲子寄來的信……連郵票都不貼，害她得去郵局領順便補足郵資。

上面只有草草幾個字，還寫得很難看。

「妳給我記住！」

看郵戳，是從澎湖寄來的。啊，那也傷得還好不是？還能飛到澎湖呢……

事情是怎麼解決的，出院的西顧一整個糊裡糊塗。葉子只含糊的說，短期內不會再看到吞聲子——最少人類正常壽命內，是絕對看不到的。

直到他看到「史學長」……然後，炸毛了。

「妳明明答應我不收侍神的！」連臉上都縫了兩道，正在Cosplay怪醫黑傑克的西顧背著「史學長」又跳又叫。

「他不是……」葉子有氣無力的解釋，「他是我某世的侍神……」

「都已經是幾百年前的事了，為什麼招他來？為什麼為什麼為什麼！」

青少年很番，真的很青番。葉子被他魯小的很煩，非常煩。

但是西顧的聲音突破天際的大，在藥堂義務幫忙整理藥屜的使君子一整個氣定神閒，毫不受影響。葉子發誓，他每個字都聽見了，而且應該、絕對，看她這種焦頭爛額的狀態表示欣賞。

內憂外患。這是葉子唯一的感想。

可讓她啞然失笑的是，傷心氣憤又失落的西顧，居然抄了一首詩給她。想想他右手只有三根指頭，能寫得這樣已經算很好看了……但內容讓她哭笑不得。

「太行之路能摧車，若比人心是坦途。
巫峽之水能覆舟，若比人心是安流。
人心好惡苦不常，好生毛羽惡生瘡。
與君結髮未五載，豈期牛女為參商。
古稱色衰相棄背，當時美人猶怨悔。
何況如今鸞鏡中，妾顏未改君心改。
為君薰衣裳，君聞蘭麝不馨香。
為君盛容飾，君看金翠無顏色。
行路難，難重陳。人生莫作婦人身，百年苦樂由他人。
行路難，難於山，險於水。不獨人間夫與妻，近代君臣亦如此。
君不見：左納言，右納史。朝承恩，暮賜死。
行路難，不在水，不在山，只在人情反覆間！」

使君子不動聲色的奪來看（現在他很愛來，而且來得悄無聲息，什麼陣都沒用），「唔，白居易的〈太行路〉。嘖嘖，這孩子有怨望啊……吃醋了這是？」

葉子搶回來，「喂，這是私信，請重視隱私權！」

使君子淡然的笑了，推了推眼鏡，「這孩子就是妳不考慮死遁的緣故？」他神情漸漸凝重，「婆娑，妳不該跟他結君臣。」

葉子默然了一會兒，「病難之際，他沒離棄我。」

「那不是理由。」使君子收了笑，「妳的舊部都跟妳歷經磨難，屢在生死之間……妳卻絕不結君臣。因為妳知道因緣很難了結，不想耽誤別人，也不想耽誤自己。

「妳為他破太多的例……甚至破壞三千年來的原則。」他露出擔憂的神情，「婆娑，妳這世的身體資質已經很不易了，更不要說魂魄有損。妳這世不成，恐怕沒有下一次機會了。」

其實，葉子知道，非常知道。所以她才會三不五時拿出功過簿擔心的看，怕又多了點什麼還不乾淨的「情債」。

「這世的功過簿很乾淨……我知道怎麼拿捏尺寸的。」葉子回答。

使君子原本還想勸，又偏頭想了想，淡淡笑起來，很有氣質的眼睛閃過狡黠的光，連眼鏡都沒擋住，「其實也沒差。婆娑呵……能看妳被紅塵染上也是很有趣的事情……大不了回輪迴喝孟婆湯。」

葉子對他的如此自然的施展「幸災樂禍」，表示極為憤怒。

之八 兄姊

一個囂張惡劣的吞聲子，和一只血鴿，造成了葉子高三上學期的徹底混亂。除了要應付時不時以送藥材為名，實際上找樂子為實的使君子外，還得對付傷癒得快，卻炸毛得張牙舞爪的西顧，讓葉子感覺非常疲憊。

果然，她堅持三千年的原則是對的：當世事，當世畢。破壞原則的後果就是這樣……兵荒馬亂。

儼然成了台北盆地地頭蛇的使君子壓住場子，只偶爾在院子外收到一些神祕的籃子或簍子，裡面都是珍稀藥材。她去上學的途中，也有時會有鬼鬼祟祟滿懷興奮的尾隨者，假借著問路的名義和她搭幾句話……

只是你站在總統府五十公尺內問總統府在哪……會不會太刻意了點？

容貌有異，身分不同，但她一眼就能看出，是哪一世在什麼地方收的侍神，他們的性情和來歷，她也都還記得。

但這對她和他們都不好。若是想在修道上更進一步，就不能有太多情感上的牽絆。她很明白，這些侍神都對她懷著一種特殊而莫名的感激，誤以為被她拔救於水火之中，不大肯仔細想只是契約。

她現在真是超級懊悔發什麼群組信。

至於為他破壞原則的西顧……自從抄了那首詩，發了幾場脾氣，一整個沉默起來，讓葉子很不安。

她倒寧願西顧繼續番，繼續魯小，那還容易哄。但是他這樣若有所思的沉默，和試圖與「史學長」和諧相處的彆扭努力，卻讓葉子心口悶悶的酸痛。

他在努力適應環境。

使君子對他淡淡的，不算好，卻也不算不好。但使君子是屬於殺人不見血的腹黑人物，三言兩語就能逗得西顧炸毛兼暴跳如雷。

「我說你能不能別一直惹他？」葉子真是氣到無力，抱怨起來，「我記得你以前很溫文、很沉默的，為什麼才幾百年不見就性情大變……」

使君子推了推眼鏡，「那時候我的本體都奄奄一息，要保妳這個災難頻傳的主就很費力了，哪能浪費力氣在口舌上？」他很淡的笑了笑，「再說，人麼，總要與時並進。」

欣賞著衝去院子拔雜草消耗怒氣的西顧，他回頭跟葉子說，「打打殺殺多不好，君子動口不動手。」

「……你只是名字叫做使君子，並不是真的君子。」葉子沉痛表示。

「呵呵。」輕笑了兩聲，使君子從容不迫的假公濟私……他堂而皇之的在學校的溫室和園圃種珍貴藥材，使用的是公家經費，收成了不是自用，就是送人……現在就送給葉子。

現在，他正在整理那些新鮮藥材，慢條斯理的炮製，還幫葉子整理妥當，才緩悠悠的離開。

臨去前，他淡笑道，「婆娑，妳這世的人和家，都非常有趣。」

當著他的面，忍無可忍的葉子終於大力甩上院子門。使君子罕有的大笑而去。

心情就很糟糕了，進來洗手的西顧冷冰冰的說，「『左納言，右納史』，很愉快是吧？」

擁有三千年修為打底的葉子終於爆發了。

「你哪只眼睛看到我左納言、右納史？會變成這樣亂糟糟的還不是因為……」她硬生生住了口。

我在做什麼?!怎麼能怪到西顧頭上？白活三千年了，居然遷怒……

但是西顧卻讓她非常難過，因為那麼驕傲暴躁又魯小的炸毛少年，低頭對她說，「對不起。」

啞口片刻，葉子嘆出很長一口氣，「是我……不該。我先去作飯了……」

這次，西顧沒有擠進廚房幫忙。他略顯孤寂的看著桌上一份份包好的藥材，和書寫如何用藥、功效如何的說明書。

史學長不管人怎麼樣，那一筆小楷真是娟秀到柔媚的程度，非常好看。

其實，他知道史學長搭理他，只是因為愛屋及烏。而且史學長待葉子，是一種平輩的戲謔，並不是有什麼其他心思。這個粗暴卻敏感的失家少年是很善於觀察的。

每次看他們倆站在一起，不管是嘲謔也好，聊天也罷，就算是默然無語……也覺得他們是平輩、同類。

畫面是那樣和諧，像是本來就該這樣。

誰也不用設法追平誰。他們本來就是平等的。

所以他會湧起強烈的無力感和恐慌。他真的、真的很想證明自己的價值，不然也不會讓吞聲子略微撥弄，就把他引去無人處試圖噬滅。結果卻很悲慘，吞聲子根本沒有用到什麼力氣，光操縱風就差點把他割到流血致死。

他意識到自己的弱小，意識到自己的無能為力。意識到……是葉子帶點惆悵的溫情，才給他一個位置。

可他真不知道怎麼辦，衝動而怨望的抄了那首詩。甚至還諷刺了葉子。

明明葉子很好的。不好的……是他。

他的心很黑，被一種叫做「忌妒」的情感弄髒了。他略有潔癖的心靈很討厭這種污穢，但卻只能不斷掙扎、壓抑。

在沉悶的氣氛中吃飯，實在消化不良。但飯還是要吃，病家一個小時後會來，日子還是得過下去。

各有心事的兩個人默默相對吃飯，默默收拾，葉子正想去藥堂的時候，西顧突然一掌搭在牆上，攔住她的路。

「……西顧？」葉子有種不好的預感。

他張了張嘴，滿心的話，卻說不出一個字。最後他另一掌也搭在牆上，把葉子困在他的臂彎裡。

「西顧！」葉子的語氣嚴厲起來。

她明白，一無所有的西顧，將她如何看重，所以西顧魯小和亂發脾氣的時候，她有時間就順毛兼呼悠，沒時間就置之不理……反正他也就鬧鬧，只是跟小孩子撒嬌要大人保證那樣而已。

但若西顧因為青春期的躁動和誤解，弄得上下焦煎心……還是因為她，她會非常生氣。

西顧卻頹下雙肩，緩緩的環抱住她的肩膀，將臉埋在她頸窩，強忍著，只有長睫毛和她皮膚接觸的地方，才感到一點點的溫熱水氣。

啊，這孩子。

才十五、六的孩子……跟她曾有過的兒，斷腿時年紀差不多的孩子。

輕輕的，葉子反抱著他，溫柔的拍撫他的背。

「嗚……」西顧終究還是出了聲音，沒能綳住。

「我知道了，」葉子溫和的說，「我真的知道。」

一個簡單的擁抱，就讓西顧很滿足、順了原本聳得高高的刺。其實，他一直是個太會珍惜、太容易滿足的孩子。

但表面沒有異狀的葉子，卻漸漸的有種說不出的倦怠感。

其實一切都往好的方向走去，她和西顧都習慣了使君子的毒舌和藏在幸災樂禍後面的淡淡關心。學校的功課不是問題，生計也過得去。

現在西顧又開始對她管頭管尾了，還會跳著腳喊葉子小他兩個月。在使君子（和偷偷摸摸的舊部）支援下，西顧的饕餮影餘毒幾乎都拔除了，只留下一點點不算壞的異能後遺症……畢竟他讓饕餮侵影那麼久，多少有點影響，但已無大礙。剩下的餘毒只需等歲月慢慢代謝掉。

說實話，西顧沒什麼修煉的資質，他能學的只是很少的幾種術，還是幻術。但他身體很頑強結實，被饕餮這樣侵蝕過還能堅強熬下去，有點兒像是台語說的「打斷手骨顛倒勇」，比一般人都強悍……就算饕餮影越來越淡，還是能打得凡人滿地找牙。

沒有修煉上的資質，卻有武術上的才能。她的武術向來粗淺，倒沒想到轉世為人的使君子出生在某個武林世家，從小耳濡目染，很有一套。雖然常要受他的毒舌攻擊，但是西顧倒都能忍下來，化悲憤為力量的接受他的教導。

雖然方式不同，使君子和西顧已經相處得不錯……西顧還學得使君子的幾分腹黑和壞嘴，上論壇和人吵架還常吵得人人淚奔。

一切都很好，但是葉子的倦怠卻越來越深，越來越想……離開。

她早就了結親恩，沒什麼理由在塵世待下去了。她的體質太差了，需要許多天材地寶的涵養，那不是人類的實驗室可以種得出來的……而且使君子也沒有必要非支持她不可。她需要磨練，需要在逆境裡求生存……這是每個修道者必經的路程。

實在不應該在這樣安穩的環境，懈怠的一天過一天。

不應該的。

但是她也必須承認，這些都只是藉口而已。其實，是她害怕。這個輪迴三千已經開始覺得厭倦的帝女婆娑，真的害怕起來了。

但歷經那麼多世事的婆娑，卻頭回沒弄懂自己在害怕什麼。直到大學聯考結束的那個暑假，她才模模糊糊的摸到一點影子。

那天，蟬鳴高唱，綠蔭森森。使君子帶了學生去荒郊野外腹黑兼折騰，西顧一大早就讓鐵哥們架去高中打籃球，葉子難得安閒清靜的整理藥材，正在清點，預備試煉一爐丹看看。

這是一種提升體質的丹藥，不只是她能吃，西顧也行。當中有些藥材不容易取得，她正在推敲藥性，想要用其他比較容易拿到手的藥材替代。

正忙著，驀然一黑，她抬頭，才發現西顧站在她面前，擋住了光。他的神情很奇怪，似悲似喜，又惆悵又哀傷，卻隱隱像是解開了什麼結。

葉子不動聲色，「這麼早回來？中午了？你吃過沒有？」

「我不餓。」西顧搖了搖頭，「唔，葉子妳該不會還沒吃吧？」

事態很嚴重。葉子警覺起來。胃跟無底洞一樣的青少年，居然會「不餓」。

「……早餐我吃得晚。」她端詳著西顧，「……怎麼了？」

西顧卻很久很久都沒答話，一臉恍惚。直到回神，才看到葉子還專注關心的望著他。

「……我哥，找到學校去了。」西顧聲音乾澀的說，掏出幾張皺皺的鈔票，「這兩千是他給我的，三千塊是姊姊寄放在他那兒的……」他終於噎住，說不出話來。

西顧的姊姊大他八歲，哥哥大他六歲。都是不堪父母討索逃出家門的。或許因為父母太靠不住，反而姐弟倆的感情很好，在外獨立生活再怎麼艱辛，也是互相扶持。姐弟倆都沒能繼續唸書，倒是節衣縮食的弄了個飲料攤，生活還算能過，卻沒有膽子跟家裡透消息，害怕父母親追來又是一場甩不掉的惡夢。

連西顧的姊姊嫁人了，都沒敢讓家裡知道。所以他們也一直不清楚走失多年的弟弟已經回家。

偶然遇到以前的舊鄰居，即使他們已經長大成人，還是大驚失色兼哀求，但舊鄰居卻告訴他們一個驚人的消息。

他們的弟弟西顧，已經找回來了。但父母卻因為欠了地下錢莊的巨債，拋棄了西顧，逃去大陸了。

這兩姐弟就坐不住了。雖然有這樣的父母，但他們反而更珍惜稀有的親情。姊姊已經成家沒辦法，哥哥卻立刻動身回台北找人。但西顧的戶籍卻沒有遷出來，而房子早已讓房東收回去，一路打聽才打聽到西顧念縣中，但已經畢業了。線索到此就斷了。若不是西顧回校打籃球，也不會巧遇在校門口和校警糾纏的哥哥。

「……哥哥和姊姊……一直沒有忘記我。」西顧勉強嚥下哽咽，「他們一直都很……很想我……」他狠狠地一別頭，摀住自己眼睛，卻沒摀住指縫的淚水。

我不是沒有人要的孩子。哥哥和姊姊甚至要幫他出學費和生活費，若是沒考上，就要接他去高雄。

他啜泣的告訴葉子，哥哥在打聽他的行蹤時，還被住在附近的舅舅揪住不放，鬧了一場。因為他們的父母在深圳被搶劫殺害，卻通知不到任何兒女，舅舅和伯叔都互相推諉，好不容易逮到大兒子，當然不會放過。

哥哥應承了下來，卻堅持要先找到弟弟。等他找到西顧，要到連絡方式，很不放心的把身上的現金塞給他，告訴他，什麼都不用擔心，爸媽的骨灰他會去找回來，要他好好讀書，讀不成也無所謂，還有哥哥姊姊。

「葉子，我、我……」他強忍住淚水，「我聽到爸爸媽媽死了，卻沒有感覺。比起哥哥姊姊找到我……他們死了我卻沒感覺。怎麼辦……我是不是很壞……？」

「不是。」葉子溫靜的說，「即使是父母親情，也經不起太殘酷的折磨。」

這個大孩子抱著她痛哭，說不出是歡喜還是悲哀。他歡喜哥哥姊姊如此重視他，悲哀的是……他們兄弟和姊姊，沒有一個為了父母親的過世而悲傷，反而齊齊鬆了一口氣。

這是多麼悲哀的事情。

因為深陷於巨大的歡喜和悲哀中，痛哭的西顧沒有發現，葉子走神的厲害。

西顧有家人，並不是屬於她一個人的。她終於明白，終於有一點點明白……她在害怕什麼。

使君子說得對，說得很對。她破了太多例……渾然不覺的給自己上了枷鎖。

一想到西顧可能會離開她……胸口就挨了一記久違卻熟悉的疼痛。讓她苦痛數世的疼痛。輕拍著西顧的背，她藏起自己的臉，也沒意識到，自己的嘴唇，已經泛白毫無血色。

之九 西顧・婆娑

終究西顧沒有離開太久……只是去高雄探望哥哥和姊姊，在開學前，哥哥已經將父母的骨灰帶回來了，安奉在靈骨塔……反正這是他們父母的最後，不再擔驚受怕會有什麼討索和債務掉到頭上。

他們一起去趟靈骨塔，就絕口不再提起父母。

但是哥哥姊姊都不寬裕，這趟旅程和喪事已經讓他們很吃力了，西顧堅決沒有收他們的錢，安慰道，「我的頭家人很好，包吃包住，還教我把脈抓藥。我也考到中醫系了呢！阿兄要存錢結婚，阿姊有小孩房貸……不用擔心我啦！我申請助學貸款了……頭家會照顧我，已經照顧我很多年了……」

姊姊淌著眼淚，拉著小弟不捨得放，嗚咽半天才說話，「阿弟……你要好好做事，頭家罵也要忍……人家這麼照顧你，還讓你念大學……但也不要傻傻給人欺負，阿兄阿姊都會養你的……」

哥哥站在一旁，紅著眼圈，只是點頭。

其實，這樣就夠了。西顧想。他要的不是誰養誰給錢，是家人要緊他，心裡有他。

當然，如果跟哥哥姊姊住近點自然好，但台北到高雄又不是遠到天邊去。最重要的是……他們都長大了，有或者將有自己的家庭。

他也有。他和葉子，就是一個小家。他很高興哥哥姊姊念著想著，但他終歸要回自己的家。

因為家裡有葉子啊。

他向來對葉子沒有任何祕密，回來就非常坦白的把經過和想法告訴葉子，毫不意外的看著淡然的葉子只是點點頭，溫柔的拍拍他的背，淡淡的笑。

這就是葉子啦。三千年怎麼也追不平，很讓人頭疼的葉子啦。很難猜到她在想什麼，搞不好一睜開眼睛就發現她不見了，跑去什麼深山野嶺修道去。

但是史學長說，只要葉子沒跑出島，他就有把握找到葉子的蹤影。到時候追去就是了，不怕啦。

我們是君臣啊，所以不害怕。

*　　*　　*

但是，葉子自己很明白，所有的淡然都是表面上的。她害怕會甘於白費三千年而一事無成。她為西顧破了太多例，患得患失了……對於自己這種心態，感覺非常膽寒而恐懼。

她常常睡不著或驚醒，偷偷起來翻功過簿，害怕乾淨異常的功過簿出現一字半句。

倦怠越來越深，從來不休假的回頭堂，改成週休二日，讓許多病家好一陣子埋怨。

休假的時候她也不待在家裡，沒讓任何人陪著，包括西顧，一個人去爬山。

因為她需要獨處，將這三千年的生生世世好好釐清。

不知道為什麼，她想起最多的是魏紫，和跟魏紫生的一對兒女。那個和牡丹之冠同名的公子哥兒，長得像個豬頭，除了種花什麼都不會的痴人。

想著原本的無可奈何，後來的順其自然，最終還是甘願為他和兒女耽誤了一世。

但那一世，她卻活得比丈夫、兒女都長。親手為他們三個送葬。愛得越深越重，痛得越苦越沉。

那一世，白髮蒼蒼的她幾乎是送完了兒的葬，就毫無徵兆的死了。之後連著幾世奪舍，她貪戀於「愛」，想要重溫魏紫和兒女給她的所有，終究都撞得頭破血流，浪費許多眼淚和心血，才幡然醒悟。

真正理解了上下焦煎心的「愛」，那樣戒慎恐懼。

之後她會堅持一個紅塵過客的心態，就是……害怕了，非常非常害怕了。

就跟現在一樣害怕。害怕得……連一點點苗頭都掐滅，一點點可能都斷然終止。

所以她才想離開，很想在自己沉淪前趕緊離開。當太多種類和質量的「情」糾葛，她害怕自己也糊塗了。

結果，她還不是跟南瞻部洲的女人一樣，同樣受「愛別離、求不得」的苦。並沒有比別人超然。

雖然她一直沒想通，但掩飾得很好，連那麼擅長觀察的西顧都沒發覺。他考上長庚中醫系了，雖然通車非常遠，他還是每天騎機車上下學，非常堅忍不拔。

讓他有微詞的是，葉子居然沒告訴他，就填了台大農藝系的志願……還考上了！

他暴跳半天，葉子淡淡的回答，「台大離回頭堂近。」

「……為什麼台大沒有中醫系啊?!」西顧繼續暴跳。

最後西顧還是屈服於現實，每天騎很久的機車去上學，而且還參加了系上的籃球隊，在中醫系的白面書生中，一枝獨秀的當大將。

每天每天，葉子很早起床為西顧做早飯，送他出門。每天每天，在晚上的時候迎接西顧回家，看他像是餓了一輩子似的大口吃著晚飯或宵夜。

每天每天，她都想不告而別。但也每天每天，都在這個潮濕多雨的城市留下來。

師傅，你真的是在整我嗎？她默默的朝天問。你到底為什麼，將我哄來南贍部洲，說什麼，我能真正的悟道，了解自己的名字。

你為什麼將我取名為婆娑？我不懂，師傅。為什麼你說，「等妳懂什麼叫做『與世婆娑』，才是真正的悟道」？

她曾經解釋為，出世修煉不如入世修煉，她也這樣教導使君子和無數侍神……很多人都成功了。

為什麼我就是失敗失敗和失敗？三千年了，師傅。我現在很迷惘、很痛苦，我在世間苦樂都不由己。

她的失眠越來越嚴重，常常整夜看著功過簿不語。後來她養成黃昏去爬山的習慣……回頭堂附近有座小山，可以俯瞰繁華的台北市一角。要把自己弄得很累很累，晚上才能入睡。

她的困惑一直掩飾得很好，西顧都沒有發現。或許他們不像以前那樣同行同止、形影不離，所以更難發覺了。但西顧一直都很依賴她，非常純良的仰慕，很珍惜很珍惜的看重，再晚都會回家來。

所以她的困惑和想離開的念頭，越來越深。

直到她覺得會被自己的優柔寡斷逼得死遁時，她默默的爬山，照樣惆悵的看著緩緩沉入城市那頭的夕陽。

滿溢夕陽的城市，染滿金光的塵世。但她一直遠遠的站在城市和塵世之外，只是惆悵的望著，懷著一絲溫情，望著註定夕陽西沉的塵世……繁華歡快總是短暫如黃昏，淒涼痛苦總是漫長似黑夜。

因為她知道，成住壞空，世不可免。與世共舞再怎麼歡快，最終要迎接曲終人散。

就在這個時候，提早回家的西顧，緩緩的背對著城市，拾階而上，向她走來。從這個涼亭看出去，像是西顧和城市融為一體，金光撒遍他全身，連亂糟糟的頭髮都通透晶亮。

向西顧，與世婆娑。

「婆娑」是佛語，謂之堪忍。「婆娑世界」，又被稱為忍土。婆娑世界者皆堪忍於世，世世輪迴喜怒哀樂，輪轉不已……佛子卻沒有拋棄無邊忍土，一心度人。

只是她與佛子不同。

她名為「婆娑」，西顧，就是她的「塵世」。逃避或游離，都是「逆道」，也違背自己的心意。只是將必然之離苦提前……那她這三千輪迴就真的白白度過了。

她終於明瞭，師傅所說的「與世婆娑」。與紅塵同歌同悲，順應本心……這才是她這總懷著惆悵溫情的修道者，唯一的「道」。

眼淚緩緩的流下臉頰，脣角卻沁著滿足的笑容。

這一刻，她突然明白了、悟了。

即使超脫於三界、不羈糜六道，依舊，永遠都會，與世婆娑起舞。

「葉子！」來接她的西顧驚訝，「妳怎麼了？怎麼又哭又笑……」慌著掏出手帕，小心的替她拭淚。

「想通了一些事情。」她淡淡的回答。

西顧還是訝然的看她一眼，說不出來為什麼……葉子似乎……有些不一樣。當然，她的氣質一直都很乾淨淡漠……但好像被什麼洗滌過一樣，更剔透，卻也更溫暖。

葉子握住他的手。

西顧面紅耳赤，小心翼翼的握緊一點兒……葉子卻沒有甩開他。他的心臟不爭氣的狂跳，掌心出汗，卻不肯也不想鬆手。

「我們回頭吧。」葉子說。

「……嗯，」西顧聲音有點顫抖，死撐著擺酷，「回家吧。」

緩緩的拾階而下，走回金光漸漸黯淡，燈光卻漸漸明亮的城市……或塵世。

最後走入車水馬龍的囂鬧不堪中，他們的手，卻一直沒有鬆開，影子更是親密的並在一起。

直至遍染紅塵……

順便染上婆娑的功過簿。虛空中，功過簿悄悄的添上了濃重的一筆，成就了彆扭少年的痴，和葉子之後的哭笑不得。

或許應該說聲恭喜。

使君子知道這事以後，浮上來的第一個念頭，就是這個。當他真的對婆娑和西顧說「恭喜」後，順便提了提萬一婆娑逃跑，他答應西顧全島搜尋，務必刮地三尺的讓西顧能夠尾隨……看到以前老呼悠他的婆娑鐵青著臉，心底異常滿足。

原來君子報仇，是這麼爽的事情。

他的心情，非常晴朗。

（西顧婆娑完）

西顧婆娑之雜談補遺

我非常喜愛古文、詩詞。

雖然我是個五十七年次的高職畢業生，所有的國學常識都是自修而來，我也不能解釋的，用一種烏龜似的耐性，一點一滴的試圖自學。所以我會在小說裡引用……不管讀者能不能消化。甚至我還狂妄的寫了部《詩經亂彈》……真是一種不知所謂的狂悖。

但就是很執拗、很沒辦法的喜愛，所以我在這部個人色彩感悟非常濃厚的《西顧婆娑》中，引用了一些詩詞。寫註解翻譯和感想實在太占篇幅了……老闆建議我另開新篇……我想也好，沒有興趣的讀者可以跳過不看，謹此說明。

一、太行路 唐 白居易

在《西顧婆娑》裡頭，白居易的《太行路》不但葉子引用過，西顧還頗有怨望的抄了整首給葉子。

其實白居易詩的特色就是淺白，老婆婆都能懂。讀者不要一看到詩詞就畏懼，仔細看就會覺得很白話。當然，我們還是照樣兒翻譯一下……翻譯過的會有點失真，難免的。但還是很蝴蝶很亂彈，讀者了解個大概就好了……反正不會考。

白居易 太行路（原文）

「太行之路能摧車，若比人心是坦途。
巫峽之水能覆舟，若比人心是安流。
人心好惡苦不常，好生毛羽惡生瘡。
與君結髮未五載，豈期牛女為參商。

古稱色衰相棄背，當時美人猶怨悔。
何況如今鸞鏡中，妾顏未改君心改。
為君薰衣裳，君聞蘭麝不馨香。
為君盛容飾，君看金翠無顏色。
行路難，難重陳。人生莫作婦人身，百年苦樂由他人。
行路難，難於山，險於水。不獨人間夫與妻，近代君臣亦如此。
君不見：左納言，右納史。朝承恩，暮賜死。
行路難，不在水，不在山，只在人情反覆間！」

翻譯：

太行山的道路崎嶇難行到能夠損毀車輪，但跟人心比起來簡直是平坦的康莊大道。

巫峽的水相艱險隨時都可能翻覆船隻，但跟人心比起來簡直是和順溫柔的小河了。

人心哪，喜愛與厭惡總是不長久。喜歡的時候簡直捧上天（注：毛羽，飛天狀），討厭起來就覺得對方生滿爛瘡的嫌惡。

和你結婚還沒五年哪……誰知道原本恩愛得跟牛郎織女一樣，現在就成了互不相見的參星與商星（注：參商兩星不會同時出現在天空）。

古時候說「色衰愛弛」，容貌老去就被拋棄了，當時的美人兒還覺得幽怨懊悔。

何況現在的鏡子裡，我的容貌沒有改變，你的心就已經變了。

為了你薰香衣服，你就算聞到蘭麝之氣也不覺得芳香。

為你化妝打扮，你看著我盛妝滿頭珠翠也視若無睹。

行路難啊，實在難以一一陳述（注：重陳。重是重複、一再的意思；陳，就是陳述）。人哪人，出生不要成為女人哪……一生的喜怒哀樂都身不由己，由他人任意播弄。

行路難啊，比太行山路還難，比巫峽之水還險。不單單夫妻關係是這樣，連現在的君臣關係也是如此啊。

你沒看到：君王左納一個言官，右納一個御史。早上才承受君恩，晚上就被賜死。

人生這條路這樣的難走，不是巫峽之水的險，也不是太行之路的難，而是在人心反覆無常的薄倖啊！

怎麼樣？白居易的詩夠淺白吧？不過也是唐朝開放的風氣才由得他寫出如此怨望之詩。但無奈的是，在中國歷史上最開放的朝代，女人還是讓頗具同情心的白大詩人喟嘆，「人生莫作婦人身，百年苦樂由他人。」

非常易懂，簡直是白話的詩，卻道盡女人幾千年的血淚。我想婆娑在中原輾轉流連當了三千年的女人，感觸一定非常深刻。沒有獨自生存的經濟能力，在家要順從父母，婚事不由自主，嫁給一個陌生人，不管對方是個什麼樣的人，都得遵守嚴苛的婦德。

在這種毫無人身和心靈自由的情況下，她會一心求道，不願沾染紅塵，其實也不是那麼難以了解吧？

當然，女人生活在二十一世紀，其實已經算是幸運的了。但是相較於幾千年的父權社會，婦女運動真正萌芽於十八世紀，來自法國盧梭的天賦人權觀念。而目前較常被提及的二波婦女運動則是以美國為主。第一波在十九世紀中到二十世紀初期，強調權利與平等，其具體成果是為婦女爭取到選舉權。第二波則是一九六〇年代二次大戰後，往往被稱之為婦女解放運動（women's liberation）。

現在是二〇一一年，距離一九六〇年才五十一年。若是把第一波十九世紀中拿來當起點，也不到兩百年的歷史……相較於幾千年，如曇花一瞬。

我們只能祈求，人類文明即使時常走了許多彎路和歧途，最終總是前進中。若是沒有遇到什麼巨大災難，希望不會開歷史倒車吧。

每次我因為身為女人而沮喪煩怒時，就會想想過往的歷史，和女權運動的先烈們，就覺得……我不該讓身為男人的白大詩人繼續嘈嘆下去。

首先是人類，然後才是男人或女人。性別沒有問題。

真正有問題的，是反覆無常的人心……這點我非常同意白大詩人。

二、古豔詩　漢無名氏

「煢煢白兔，東走西顧。衣不如新，人不如故。」

翻譯：

孤獨的白兔（煢煢，是孤單的意思），東邊走走、西邊看看，那麼的惶急無助。雖說新的衣裳總比舊的衣服好，但新人永遠比不上舊人啊。

這篇最初見於《太平御覽》（北宋初年成書）卷六百八十九，題為〈古豔歌〉，無作者名氏，據考據應是漢時人。

看起來似乎很白話、很簡單，但裡頭的意思卻非常沉重悲傷……因為這是一首棄婦詩。

在《西顧婆娑》中，西顧的外婆替他取了這個名字，就是隱約含蓄的希望她心愛的外孫，千萬不要犯男人都會犯的錯。

第一次看到這首簡單的棄婦詩，正是我深陷上下焦煎心的「愛」之中，而且飽嚐背叛滋味的時候。那時咀嚼再三，然後愴然淚下。

這也是……沒有辦法的事情。相較於被歷史社會風俗馴養壓制幾千年的女人，男人幾乎在性別中都是獨占優勢者。擁有太多的人，總是貪欲旺盛，學不會珍惜。

所以我的男主角們都很可憐，傷痕累累。不這樣徹底失去和教育過，要求男人自動自發的懂得珍惜和「己所不欲、勿施於人」的忠貞，實在很困難。

但我希望我的男讀者能夠達成這項不可能的任務吧。（笑）

能找到契合的點放進這首詩，我覺得很高興。

三、桃花庵歌 明 唐寅

「桃花塢裏桃花庵，桃花庵裏桃花仙；桃花仙人種桃樹，又摘桃花換酒錢。
酒醒只在花前坐，酒醉還來花下眠；半醒半醉日復日，花落花開年復年。
但願老死花酒間，不願鞠躬車馬前；車塵馬足貴者趣，酒盞花枝貧者緣。
若將富貴比貧賤，一在平地一在天；若將貧賤比車馬，他得驅馳我得閑。
別人笑我忒瘋癲，我笑他人看不穿；不見五陵豪傑墓，無花無酒鋤作田。」

這首我真不知道該怎麼翻譯，因為根本就是白話文。

唐寅就是唐伯虎。在周星馳主演的《唐伯虎點秋香》，周星星飾演的唐伯虎曾經吟過：「別人笑我忒瘋癲，我笑他人看不穿；不見五陵豪傑墓，無花無酒鋤作田。」所以讀者們應該覺得很眼熟吧？

但是唐寅真的有九個妻妾和點過秋香嗎？答案是……應該沒有。

這個狡詐的倒楣孩子大概沒那閒情和財力養那麼多人口。他曾經娶過三個妻子，但都是死一任才再娶的。而他第三任妻子，名為「九娘」，實在是他把自己的名聲搞得太風流了，所以才以訛傳訛的說他有九個妻妾，甚至跑出「點秋香」的戲碼。

為什麼說他倒楣呢？他二十五歲時，父母妻子和妹妹就相繼去世，只剩下一個弟弟相依為命。原本對仕途淡泊，後來是好友祝允明的勸說，他才專心讀了一年書，鄉試時點中解元，聲名大噪，可見是非常有才情的。

但是他上京會試，好死不死被捲入主考官程敏政洩題案，被莫須有的判了個「夤緣求進」之罪（花錢買考題），把他好不容易勾起的仕途之心打滅。

（一個認真讀一年書就能考上解元的傢伙，會需要買考題嗎？）

但是絕意仕途的唐寅，卻成就了他的藝術和文學，在中國歷史上佔了一個重要位置……可這倒楣孩子不知道哪根筋不對，在正德九年時，跑去江西南昌寧王朱宸濠那兒當幕賓，但唐寅發現寧王謀圖造反，這個倒楣卻狡詐的傢伙開始飲酒狎妓、裝瘋裸露，逼得寧王受不了放他回蘇州，這才沒陪著寧王一起送死。

也就是在這個時期，他畫了不少春宮圖，甚至以訛傳訛的出現了「點秋香」的故事，從此被稱為「風流才子」、「風流畫家」，一輩子活得既倒楣又璀璨輝煌。

這是個我很喜歡的古人。〈桃花庵歌〉，也一直是我很喜歡的詩詞。或許太淺白，或許對仗不工整等等等……但去他的條條框框。

一直陷在人世苦惱的婆娑憧憬「桃花庵歌」的豁達自在，也是我所憧憬的。

作者的話

會寫《西顧婆娑》，其實就是為了想寫三件事情。

第一，西顧沐滿金光向我走來的場景。

第二，所謂的「與世婆娑」。

第三，跟過往已久的青少年時最後的心結告別。

背景設定是採取「西遊記」和半架空的「現代」。當初我讀《西遊記》時，我就對大聖爺的師父非常感興趣。這位菩提祖師有許多徒弟，最終揚名的卻是一個大鬧天宮的潑猴，其他弟子都沒沒無聞，這很奇怪。

如果有這麼一個類似的女弟子……如果這個女弟子代替了少年的我……

就是這樣的「假設」，讓我寫了《西顧婆娑》，在我歷盡了健康上的多重苦楚、歲月的無盡風霜，我才落筆寫了這篇。

其實我少年時並不真的這麼苦楚，是許多見聞甚至是社會版給我的靈感。我一面貪瞋痴戀這個塵世，但又厭離這樣的塵世。我曾經高歌而背德非行如飛蛾撲火，也曾經作繭自縛隱居避世。

曾經愛別離，求不得。也曾經出離塵心，如徐渭詩所言：「身世渾如拍海舟，關門累月不梳頭。東籬蝴蝶閒來往，看寫黃花過一秋。」

結果，我還是惆悵的看著後陽台的「城市」，這樣又愛又恨的「塵世」。最終我發現，就算是這樣不清不渾又囂鬧的塵世，雖然我永遠格格不入，無處落足，但我還是生於此長於此，很俗氣、很虛榮的喜愛，願意與世婆娑起舞，而不是早早尋個乾淨了斷。

我很想把我的感想融入小說中，讓讀者了解。但我抱著完稿的婆娑苦惱很久，發現還是無法真正完整的傳達到讀者的心裡，我覺得很煩惱，但最終還是做了最後一次修訂，決定還是出書了。

我想，大部分的讀者都在網路上看過了這部小說，若是真的看不懂，不喜歡，可以選擇不買。出版社若覺得不能接受，也可以不出版。

但是，年紀稍微長一些，五年級或六年級的讀者，可能更能感受到我真正的意思，因為我們已經跋涉了很長很長的一段路程。

黃昏的時候，我很喜歡站在東向的後陽台，雖然不見日落，卻可以看到遍染碎金的城市，靜靜的、靜靜的等待金光漸黯，華燈初上。然後感覺到，自己比想像中還喜歡這個髒兮兮的世界。

或許是開始養花蒔草的關係，我的心境平和許多。很多事情都能夠接受了，包括病體支離和枯敗。現在很喜歡外出散步，也很愛逛花市，不像以前那麼的害怕人群。

我終於可以饒恕自己，不將自己逼在死角了。

希望在下一本書的時候，還能與諸君重逢。希望我還能一直說著故事，直到生命終了。

我對現在的一切，實在是非常感恩。

蝴蝶2011/8/31

國家圖書館出版品預行編目資料

西顧婆娑 / 蝴蝶 著. -- 初版.
-- 新北市 : 雅書堂文化, 2011.11
面； 公分. -- (蝴蝶館 ; 52)
ISBN 978-986-302-021-9 (平裝)

857.7 100021592

蝴蝶館 52

西顧婆娑

作　　者／蝴　蝶
發 行 人／詹慶和
總 編 輯／蔡麗玲
執行編輯／蔡毓玲・蔡竺玲
編　　輯／林昱彤・黃薇之
封面設計／斐類
執行美編／陳麗娜
美術編輯／王婷婷

出版者／雅書堂文化事業有限公司
郵政劃撥帳號／18225950
戶名／雅書堂文化事業有限公司
地址／新北市板橋區板新路206號3樓
電子信箱／elegant.books@msa.hinet.net
電話／（02）8952-4078
傳真／（02）8952-4084

2011年11月初版一刷　定價220元

總經銷／朝日文化事業有限公司
進退貨地址／新北市中和區橋安街15巷1號7樓
電話／（02）2249-7714　傳真／（02）2249-8715
星馬地區總代理：諾文文化事業私人有限公司
新加坡／Novum Organum Publishing House (Pte) Ltd.
20 Old Toh Tuck Road, Singapore 597655.
TEL： 65-6462-6141　FAX：65-6469-4043
馬來西亞／Novum Organum Publishing House (M) Sdn. Bhd.
No. 8, Jalan 7/118B, Desa Tun Razak, 56000 Kuala Lumpur, Malaysia
TEL：603-9179-6333　FAX：603-9179-6060

Seba・蝴蝶

Seba・蝴蝶

Seba · 蝴蝶

Seba・蝴蝶